O Caminho do Poço das Lágrimas

ANDRÉ VIANCO

O Caminho do Poço das Lágrimas

novo século®

São Paulo 2008

Produção Editorial	Equipe Novo Século
Projeto Gráfico e Composição	Fama Editora
Ilustrações	Lese Pierre
Capa	Lese Pierre
Revisão	Jean Xavier
	Salete Brentan

Dados Internacionais de Catalogação na Publicação (CIP)
(Câmara Brasileira do Livro, SP, Brasil)

Vianco, André
O caminho do poço das lágrimas / André Vianco. – Osasco, SP : Novo Século Editora, 2008.

1. Ficção brasileira I. Título.

08-09855 CDD-869.93

Índices para catálogo sistemático:
1. Ficção : Literatura brasileira 869.93

2008
IMPRESSO NO BRASIL
PRINTED IN BRAZIL
DIREITOS CEDIDOS PARA ESTA EDIÇÃO À
NOVO SÉCULO EDITORA LTDA.
Rua Aurora Soares Barbosa, 405 – 2º andar
CEP 06023-010 – Osasco – SP
Tel. (11) 3699-7107 – Fax (11) 3699-7323
www.novoseculo.com.br
atendimento@novoseculo.com.br

Esse livro é dedicado às princesinhas
do meu coração,
Giulia, Nathalia e Bruna.
Com amor,
papai.
Também é dedicado ao pequeno
Miguel, o anjinho do padrinho
que trilhou o caminho mais
cedo do que queríamos.

1

Era uma vez três pessoas que viajavam por uma estrada escura. O trio adormeceu e nossa história começa justamente quando um deles desperta, abrindo os olhos depois de uma noite de sono agitado. Olhos tão amarelos e diferentes que irradiavam alegria mesmo quando mais para baixo não existia sorriso algum enfeitando a face. Jonas, dono dos olhos que eu descrevo, era também pai daquelas duas crianças que dormiam em suas pernas. Os cabelos encaracolados de Ingrid e Bosco pareciam ondas nervosas de um mar negro em tempestade, daquelas com vagas altas que amedrontam todo bom marinheiro. Mas não era esse tipo de tormenta que Jonas encarava agora. Ele enfrentava outra fúria da natureza. Aquele pai perdido enfrentava o desconhecido.

Seus olhos foram para os dois lados, alimentando a certeza de que ele e os filhos estavam sozinhos num vasto campo verdinho. A claridade do amanhecer crescia lentamente, muito mais devagar do que o normal, deitando sua luz na fina faixa de asfalto metros à frente, entrando suave na ramagem das árvores às costas dos viajantes. Enquanto isso, os três continuavam imóveis no chão gramado, no meio do nada, digerindo lentamente aquele cenário.

2

O pai estranhou. Não tinha parado ali para descansar. Jonas guiou a madrugada inteirinha para chegar de manhã em casa a tempo de os filhos irem para o colégio. Queria que eles estudassem e fossem bem nos exames que se aproximavam. Não havia parado depois de abastecer, mesmo com Ingrid enchendo seus ouvidos, exigindo um hotelzinho de beira de estrada, e Bosco, resmungando de minuto em minuto, que queria um copo d'água. Os filhos sabiam que quando não ficavam de recuperação, podiam viajar mais cedo com a mãe e, se o trabalho permitisse, ele, o pai, daria as caras uma vez ou outra. Viajar para um paraíso ensolarado, cheio de praias, areia, estrelas-do-mar. Sentavam todos à mesa. Lorena, a mãe, sorridente e contemplativa, companheira e valente, Jonas, com creme no rosto para não queimar a pele clara com o sol, Ingrid, com fones de ouvido, balançando a cabeça e alterando entre risonha e emburrada,

INGRID
TE AMO

a cada cinco minutos sem tirar sua inseparável pulseira de pedras verdes com o pingente de fada, e Bosco, de olhos calmos e contemplativos, saídos iguaizinhos aos da mãe, ainda com o frescor da infância evaporando pelos poros. Eram felizes. Não só durante esses passeios, mas sempre que podiam estar serenos e juntos para conversar sobre o que tinham feito durante o dia ou rememorar coisinhas da última viagem, o que estava se tornando cada vez mais raro.

Jonas sentiu uma pontada de tristeza ao ficar admirando seus filhos por alguns segundos. Ingrid não era mais uma menininha. Do movimento de seus sorrisos e olhares, ressoavam os primeiros acordes da sinfonia do desabrochar de uma mocinha cada vez mais linda e independente, saída à mãe. Quase não reconhecia mais na filha aqueles olhinhos curiosos de quando ela tinha três anos, mesma época em que ela torceu o bracinho e ficou com gesso, que foi prontamente colorido para distraí-la. Jonas tinha uma moça deitada em sua perna. Uma moça que, por culpa do trabalho cada vez mais ostensivo, cada vez mais exigente com seu tempo, estava, aos poucos, transformando-se numa pequena estranha.

Passou a mão nos cabelos revoltos de Bosco. O garoto também começava a perder o jeitinho de meninote. Estava enorme, com braços longos, pernas compridas e um rostão espichado. O filho mudava também... mudava rápido e ele, o pai, sentia-se segurando um punhado de areia em cada mão, perdendo a cada instante aqueles momentos maravilhosos que era estar assim, justamente fazendo nadica de nada com os filhos, só olhando-os respirar.

3

Jonas tentou não despertar os filhos, mas quando se levantou, ambos acordaram. As crianças ficaram friccionando os olhos, acostumando-se à claridade que aumentava sem pedir licença.

— Já chegamos, pai? — perguntou a menina.

— Não. Ainda não.

Bosco olhou tudo ao redor. Estava espantado igual ao pai. Ingrid demorava um pouco mesmo para pegar de manhã. Toda vez era ela quem levantava por último em casa e, se a despertavam antes das dez, virava um tigre o resto do dia.

O garoto coçou a cabeça, mordido pelas presas finas e agudas da estranheza.

— Decididamente não chegamos a lugar algum, Gui — esse era o jeito carinhoso que o caçula tratava a mais velha.

Ali, naquela paisagem, algo destoava aos olhos do menino. Bosco tinha certeza disso. Parou de coçar o crânio e a nuca. Uma dor leve, típica de quem dormiu demais numa posição incômoda. Olhou para o pai e notou na hora que ele também estava usando olhos bobos para sapear ao redor.

Um vento forte principiou, silvando entre as árvores do bosque logo atrás.

— Cadê o carro, pai?

4

Jonas encarou Bosco por um instante. Era seu papel de pai confortá-los, e não fazer com que se preocupassem mais. Mesmo sem ter idéia nenhuma de onde a pick-up tinha ido parar, resolveu descobrir primeiro em qual sinuca de bico estavam. Não era só o carro que estava perdido. Sentindo um frio gelado vindo de suas costas e soprando forte em sua nuca, fazendo com que Ingrid esfregasse os braços e Bosco cerrasse os seus, mirando os galhos finos das altas árvores que, ululando, iam para frente e para trás suavemente, como um dedo indicador de uma velha cigana chamando uma criança curiosa para saber da sorte, enchendo os olhos do pai com sinais cinzentos. Jonas soube que eles também estavam perfeitamente perdidos.

— Cadê o carro, pai? — insistiu o menino.

Jonas viu uma coisa estreita no final do gramado, bem onde as árvores começavam. Eram pedras justapostas formando um caminho. Um caminho que sussurrou ao ser descoberto, sussurrou ao seu ouvido: Venha por aqui!

Jonas, com os olhos presos, indicou ao filho a direção.

— Está pra lá.

O braço e os dedos do pai pareceram ficar gigantes naquele instante em que Bosco e Ingrid, ao mesmo tempo, viraram a cabeça e fixaram a visão naquele começo de caminho.

— Que estranho — disse a menina, começando a andar.

Bosco ficou parado um pouco, encarando o pai, enquanto o vento frio começava a aumentar, ganhando mais força a cada segundo.

O pai deu de ombros e começou a andar, passando a mão sobre o boné do caçula.

— Vai ficar parado aí, cabeção?

O menino olhou para a estrada de asfalto que estava mais distante. Relâmpagos rasgaram o céu que ia, pouco a pouco, enchendo-se de nuvens.

— É melhor vir logo, Bosco, vem tempestade por aí.

Dentro do estranho caminho o ar parecia mais frio que no descampado. O vento, agora suave ali dentro, ainda balançando os galhos mais finos das árvores, era gelado e penetrante, dando a impressão de que queria congelar-lhes a alma, e não o corpo. Os três ajuntaram-se mais, talvez pelo frio, talvez pela redução da luz, talvez pelo medo.

— Que lugar estranho, pai.

— A gente tá junto. Não tenham medo.

Aproximaram-se ainda mais.

— Vem cá, macacada. Dêem a mão pro papai. Prometo que não vou soltar.

Bosco colocou a mão no ombro do pai. Pássaros imensos, de longas caudas negras marcavam o céu com suas extensas silhuetas acima das árvores. Pareciam planar, voando lentamente. O menino sentiu um calafrio. Aquele lugar era gelado demais e, apesar de recheado de árvores e dos pássaros nas alturas, parecia um campo sem vida, infestando quem ali passava com uma sensação de solidão. Lembrou-se da mãe. Nessas horas, que, quando crianças, somos tomados por desconforto e medo, não há lugar melhor que estar ao lado da mamãe. O garoto mordeu os lábios, incomodado com a boca seca. Foi a primeira vez que Bosco teve sede.

5

Tem certeza de que a pick-up tá pra cá, pai?

— Tenho.

— Mas não estou entendendo nada, pai — queixou-se o garoto. — Por que acordamos fora da pick-up?

— Já falei. Vocês estavam cansados e eu não...

Jonas interrompeu a explicação quando viu distante, à beira do caminho, um homem sentado numa pedra. Apontou-o para as crianças.

Ao ver o trio de andarilhos, o homem sorriu e arrumou seu colete vermelho que cobria o peito. Era um senhor com aparência de mais de sessenta anos, atarracado, pitava um cachimbo no canto da boca enrugada, contudo, tinha um rosto amistoso e uma aura que transbordava paz. Sentiram-se bem ao se aproximarem dele.

O pai apertou o passo, seguido pelas crianças.

O homem levantou-se da grande rocha e saltou para o meio do caminho.

— Bom dia — cumprimentou Jonas.

— Bom dia, viajantes, chegaram cedo!

O homem tirou o cachimbo do beiço e olhou para as crianças.

— Então são vocês? — perguntou, afagando-lhes os cabelos.

Ingrid e Bosco deram de ombros sem entender.

— Estamos procurando um jeito de voltar para o nosso carro. O senhor pode indicar o caminho?

O velho deu uma tragada longa e segurou a respiração um instante. Seus olhos iam de Ingrid a Bosco, de Bosco a Ingrid. Soltou a fumaça lentamente, olhou para o trajeto de pedras embaixo dos pés do trio de viajantes e apontou a direção com o cachimbo fumegante.

— Só há um caminho, filho, só esse no qual vocês estão pisando, e ele vai diretinho para onde vocês têm de ir.

— Mas como a gente veio parar aqui? — perguntou Ingrid, intrigada.

O velho ficou calado. Seus olhos flutuando sobre os rostos das crianças, pensativo.

— Vocês não sabem?

— Eu sei — tornou Bosco, num tom de resmungo. — Foi alguma coisa com o carro do papai. Ele não parou quando devia e o carro quebrou.

O velho tirou os olhos do menino e fixou-os sobre o pai por alguns segundos. O homem soltou a mão do garoto e coçou o braço, desconfortável. Depois, o sujeito voltou a olhar para as crianças.

— Seu pai se perdeu. Só isso. Ele nunca disse que às vezes a gente se perde na vida?

As crianças sorriram pela primeira vez.

— Já disse! Sempre que a gente viaja, ele erra o caminho.

O velho deu outra pitada no cachimbo.

— Verdade?

— Verdade verdadeira — responderam juntos.

— Mentira! — interferiu Jonas. — Ele vai achar que eu sou um bobão! Já ensinei, se vocês não têm nada de bom pra falar de alguém, não falem nada.

As crianças e o velho riram da irritação estudada de Jonas.

— Vocês têm um papai danado de esperto e danado de teimoso. Não era para ele estar aqui, sabiam?

— Sei — resmungou Bosco. — Era para ele estar lá naquele carro, ajudando a arrumar, mas ele está aqui com a gente.

— E isso é raro, viu, moço. Ele nunca fica com a gente. É sempre trabalho, trabalho e trabalho.

— Ingrid! Que mentira!

— Ah é? Mentira? Então explica pra esse moço por que a gente tá voltando pra casa.

O velho soergueu as sobrancelhas.

— Eu recebi um chamado... eu tinha de voltar. Você sempre exagera em tudo, Ingrid.

— Desculpa se eu não gosto de acordar no meio do mato, então! — e cruzou os braços, irritada, enchendo o ar com o som característico ao chacoalhar sua pulseira de pedras verdes.

Jonas ia repreender a filha, mas foi interrompido pela voz do homem com cachimbo.

— Pra voltar, vocês têm de continuar nessa trilha. E vou contar uma coisa séria. Nunca, nunca saiam desse caminho. Não tem como o senhor se perder, seu Jonas.

6

Bosco olhou para o chão. Pedras. Pedras amarelas, outras verdes. Vários formatos, vários tamanhos. Quando a luz do sol batia num certo ângulo, o chão parecia exalar pequenos arco-íris. Raspou a língua no céu da boca. A sede começava a incomodar.

— Quanto mais rápido andarem, mais rápido seu pai chegará ao destino. É uma trilha estranha, danada e cheia de coisas esquisitas, mas, mais cedo ou tarde, vocês chegam ao final.

Jonas sentiu os olhos marejarem. Não sabia o porquê, mas aquela conversa estava tocando fundo em seu coração. Era como se já tivesse escutado aquilo em algum lugar, num sonho, numa música em algum momento tocante. Uma música tocante. Tocante.

— O senhor sabe onde eu posso tomar água?

A pergunta de Bosco ecoou no bosque sem resposta.

Os três viajantes estavam com uma expressão de estranheza no rosto. O velho não estava mais junto à pedra.

Bosco fez menção de adentrar o bosque para rodear a imensa rocha, mas a mão de Ingrid agarrou seu braço.

— Ele disse para não sairmos do caminho de pedras. Talvez esteja só testando se ouvimos o que ele falou.

Bosco ficou olhando para a irmã, depois para as pedras do caminho e para a grama do bosque, a grama que não poderiam pisar.

— Ela tem razão, filho. Ela tem razão. Vamos andar. Acharemos onde beber água mais para a frente.

— Eu não quero andar, eu quero água, pai. Eu tô morrendo de sede! A gente tem que parar um pouquinho pra beber água.

— Parar onde, Bosco? Dá uma olhada ao seu redor. Não tem nada por aqui, só árvores, árvores e mais árvores. Vamos andar. Quanto mais tempo ficarmos aqui, mais vai demorar para você matar a sede.

— Talvez aquela placa indique algum lugar para beber água.

Apesar de Ingrid ter dito aquilo em voz baixa, pai e filho pararam para olhar para onde o dedo da menina apontava. De fato havia uma placa mais para a frente, à beira do caminho, coberta por ramas e cipós. Juntos, os três voltaram a caminhar.

CAMINHO
do
POÇO das
LÁGRIMAS

7

"Lágrimas"

Leu Ingrid na placa à beira da estrada.

— Pera aí — disse Jonas, abaixando-se e pegando um galho seco.

Com o pedaço de galho, empurrou os cipós, as ramas de trepadeiras e as teias de aranha que encobriam a placa verde desbotada, com a tinta rachada e descascada pelo tempo.

"Caminho do poço das lágrimas"

Ingrid arrepiou-se ao ler. Lembrava algo.

— Pai... esse nome... não é o nome da musiquinha que a mamãe cantava pra gente quando éramos pequenos?

— Hum. Acho que sim, Bosco. Eu lembro alguma coisa de uma música assim.

— Curioso — sorriu Ingrid.

— E, olha isso, tá meio descascado aqui... mas não parece a pulseirinha da Gui?

Jonas e Ingrid debruçaram-se um pouco à beira do caminho e torceram o pescoço. Ao pé da placa, no canto direito, havia um desenho meio apagado. Um círculo verde-esmeralda desbotado com uma, ao que parecia, libélula pintada à mão em seu interior, também bastante descascada e carcomida pelo tempo.

Ingrid ergueu o punho e olhou para o bracelete de pedras verdes, tentando sobrepor a silhueta de sua fada à do inseto na placa.

— Parece com sua fadinha, né, Ingrid? — perguntou Bosco.

Jonas parou, ouvindo os filhos. Seus olhos demoraram-se nas fisionomias das crianças. Cada vez que Jonas notava o quanto estavam mudados, mais seu coração se apertava, recriminando-se por passar tão pouco tempo em casa, tendo cabeça e olhos apenas para o trabalho, obedecendo aquele monstro voraz que habitava a barriga dos homens, transformando os seres humanos em marionetes que sempre queriam mais e mais sem nem saber muito bem o por quê.

— É, parece — Ingrid ficou calada e aproximou-se ainda mais da placa. — Mas tá vendo essas asas pontudas?

— Hum hum.

— Parecem as orelhas de um coelho.

— Coelho verde, Gui? Que coisa!

Jonas sorriu com a conversa curiosa engatada pelo casal de irmãos.

— Ué, tem coelho de tanta cor.

O trio ficou calado.

Bosco olhou em volta pela centésima vez. Depois seus olhos ficaram parados na placa. Não é que a irmã tinha razão. As asas da mariposa, da libélula, fosse o que fosse, realmente chamavam a imagem de um coelho abaixado, com as orelhas estendidas... coisa que o fazia lembrar.

— Eu sonhei com um coelho verde essa noite! — berrou Bosco, agarrando as bochechas da irmã. — Ah! Ah! Ah!

— Ai, me larga, seu pivete maluco! Sabe que eu detesto quando me agarra assim, ainda mais dando essa gargalhada de psicopata.

Bosco continuou rindo e correu para a frente e para trás, tomando cuidado para não deixar o caminho de pedras.

— Conte pra gente seu sonho, Bosco — pediu o pai.

Os três se sentaram em pedras mais altas. Jonas e Ingrid olhando curiosos para o menininho.

— Eu tô lembrando aos poucos. É esquisito isso, né, pai?

— O quê?

— A gente às vezes não lembra o sonho de uma vez.

— É assim mesmo, filho. E vou te contar um negócio. A maioria das coisas que a gente sonha ou a gente esquece assim que acorda ou nem lembra.

— Mas desse ele tá lembrando, pai, deixa ele contar.

— Não tem nada de mais. Só é uma coincidência engraçada a Gui falar de coelho verde olhando para uma borboleta...

— Libélula.

— Isso. Que seja. É gozado do mesmo jeito. Eu sonhei com um amigo meu. Com o Tavinho.

— Credo em cruz, Bosco. Lembrar do Tavinho numa hora dessas e dando risada?

— Fica quieta, Ingrid! Deixa o seu irmão falar, você interrompe a toda hora.

— É que ele tá rindo por ter sonhando com o Tavinho. O Tavinho é o amigo dele que morreu no ano passado, pai! Já esqueceu, é?

— Deixa ele contar.

— Calma, Gui. No meu sonho ele tava muito vivo. Vivinho da silva. E tava jogando videogame comigo. A gente tava sentado na escada perto da piscina do prédio dele. E o engraçado é que ele tava vestido de coelho, um enorme coelho verde. Dá pra acreditar? E eu tava bravo pra caramba. Tava soltando fumaça porque eu não conseguia ganhar do mestre da fase. Aí o Tavinho, que era fera naquele jogo, me ensinou a dominar aquele monstrão bigodudo e fedorento com boca de peixe. Nossa, se fosse de verdade, não sei se eu ia ter coragem! Mas aí, quando eu ia comemorar, percebi que a gente não tava mais na escada do condomínio. A gente tava em outro lugar. Acho que num ferro-velho. Tinha um monte de carro enferrujado, um em cima do outro. A gente tava sentado em cima de um carro grandão, que tava de cabeça pra baixo, e ele continuou explicando como eu ganhava, aí eu olhei pro Tavinho e ele já tava vestido de outro jeito, de soldado, eu acho.

— Ufa! Calma, garoto. Vai contando uma coisa de cada vez. Desse jeito você perde o fôlego. Ah! Ah! Ah! — brincou o pai.

Os três riram do sonho abstrato do menino.

— Por que os sonhos são assim, papai? — perguntou Ingrid.

— Assim como?

— Assim, esquisitos. A gente tá conversando com alguém na calçada e, quando repara, do nada, a gente tá num hospital, falando com outra pessoa, mas do mesmo assunto e, mesmo vendo que é outra pessoa, a gente sabe que lá dentro daquele outro corpo ainda é a mesma pessoa que a gente tava falando antes.

— Deus! Vocês vão dar um nó na minha cabeça desse jeito.

Riram de novo.

— Sei lá, filha. Sonhos são sonhos. São uma válvula de escape. Alguns acreditam que também possam ter algo de premonitório.

— Que é isso?

— Premonição, Bosco, quer dizer que alguém tá te cochichando no ouvido alguma coisa que vai acontecer, mas antes dela acontecer — explicou a irmã, dando uma piscadinha.

— Uau, Ingrid. Pelo menos o dinheirão que eu tô colocando no colégio de vocês está prestando para alguma coisa.

— Há! Há! Há! Claro, papai. Mas agradeça à internet também.

— Vamos andar? Esse caminho não parece ser daqueles curtos. Quanto mais ficamos parados, mais tempo perdemos.

— Ai, pai! Eu estou tão cansada! Parece que a gente anda, anda e não sai do lugar.

— Deixa de ser mole, menina. Você está no auge da energia. Não pode ser assim tão molenga a vida inteira.

Bosco riu e tomou a dianteira.

Jonas parou. As últimas palavras trocadas com os filhos ecoando em sua mente, apagando seu sorriso. Ainda tinha tanta coisa para ensinar. Apertou os olhos e pediu ao céu que tivesse tempo de ao menos poder ensinar-lhes a serem corajosos e não terem medo de enfrentar tudo o que viria pela frente. De alguma forma, uma certeza macabra ia crescendo cada vez mais em seu peito. Aquele caminho tinha surgido para separá-los. Jonas não queria contar aos filhos, mas ele teria de partir em breve.

Caminharam mais duas horas sem que a paisagem mudasse grande coisa. Eventualmente, Ingrid apontava uma casinha metida no meio dos troncos das finas árvores daquelas paragens. Depois, tornava a vê-la de outro ângulo e, por mais que andassem, a casinha surgia novamente. O caminho do poço das lágrimas parecia serpentear entre morros e vales frios encobertos por incontáveis tipos de árvores e piar de pássaros. Pareciam andar em círculos sem nunca chegar a lugar algum.

— Será que é a mesma casa?

O pai e o irmão deram de ombros.

Ingrid parou um pouquinho.

— Ela é tão bonitinha. Parece uma casinha de bonecas. Uma casinha de fadinhas.

O pai e o irmão continuaram caminhando.

Ingrid olhou mais atentamente para o bosque ao redor da casa. A paisagem era deslumbrante. A temperatura, mais que agradável, estava perfeita. Divisou borboletas de tantas cores e formatos que jamais havia notado. Elas voavam, criando uma nuvem. Ingrid estranhou aquilo. Elas estavam se agrupando. Agrupando e rodeando a casinha, como se formassem um corpo, uma seta, uma coisa que indicava insistentemente a Ingrid aquele casebre mergulhado nas sombras.

— Posso ir até aquela casa, papai?

— Não.

— Mas olha, olha como é bonito aquele lugar. E deve ter água pro Bosco tomar. Talvez até um telefone pra gente ligar pra mamãe.

— Água! Nem fala essa palavra porque a minha boca já sai fazendo biquinho pra beber um copo. Estou morto de sede, pai! Deixa a gente ir lá.

— Olha, pode até ter tudo isso, mas a gente tem de continuar neste caminho. Se o caminho passasse pela casa, sem problemas, mas não passa. Ela está longe demais da trilha. O velho disse para ficarmos na trilha.

— E por falar no diabo — rematou Bosco, erguendo o queixo na direção em frente e abrindo um sorriso como se topasse com um antigo conhecido num passeio de domingo.

Jonas soergueu as sobrancelhas. Era o homem do cachimbo, com efeito da alcunha, tinha lá o cachimbo pendurado no beiço, soltando fumaça. Ele estava inclinado sobre um monte de barro disforme, perscrutando e coçando o queixo como um intelectual. Ao se aproximar, o trio notou que o amontoado de barro não era tão disforme assim. Formava um grande círculo e seu interior estava recheado de uma massa escura que parecia em movimento.

— Boa tarde, peregrinos.

— Boa — resmungou Bosco.

— O que é isso, seu moço?

O velho estalou os lábios, segurando o cachimbo, e apontou para a cidadela de barro.

— Isso aqui é mais ou menos o que vocês chamam de fazenda de formigas.

— Fazenda de formigas?! — perguntaram as crianças, espantadas, aproximando-se ainda mais das muretas de barro.

Os olhos dos pequenos encantaram-se com um ir e vir frenético de gordas formigas negras, zanzando de lá para cá e de cá para lá. Era um formigueiro imenso. Aquela mureta de barro devia ter um raio de pelo menos dois metros e meio, formando um círculo perfeito, ladeado pelas pedras do caminho, permitindo aos viajantes circularem no entorno, apreciando aquele espetáculo de tantos ângulos quanto seus olhos pudessem alcançar.

— Vejam só que interessante, viajantes. Notem essas formigas, como são trabalhadoras, como são ocupadas no seu formigueiro.

De fato, quanto mais seus olhos vagavam pelas trilhas abarrotadas de formigas carregando pedaços de barro nas costas, mais formigas ocupadas viam. A primeira impressão é de que não havia uma parada sequer. Estavam todas tomadas por aquele incessante e frenético ir e vir.

— Olha! — disparou Bosco, com um encantador sorriso nos lábios.

A irmã e o pai acompanharam o dedo do menino que indicava uma daquelas curiosas formigas gordas e negras escalando a mais alta torre de barro dentro do cercado de terra. Ela levava um grande pedaço de madeira no lombo, seguida por uma fila numerosa de outras formiguinhas.

— Que alto! — exclamou Ingrid.

— Ela parece ser a chefe dessas aí.

— Você está certo, Jonas. Ela é a líder de um bocado das formigas que você está vendo — explicou o estranho homem da beira da estrada, dando outra pitada no cachimbo.

— E notem, meus anjos, como ela deve ser importante. É seguida por um montão de outras formigas, que estão fazendo sua torre ficar cada vez mais alta e maior — disse o pai, com os olhos brilhando de encanto.

— Elas trabalham demais, não é papai?

— É, Ingrid. Trabalham. Por isso constroem tanto.

Bosco desviou os olhos da torre de barro. Deixou a visão vagar pelas ruelas e pelos túneis que as formigas transitavam. Notou que, no meio de milhares, algumas não corriam tanto. Elas andavam e trombavam com as tão ocupadas operárias, mas logo chegavam em cantos mais calmos e ficavam ali quietas e, depois, encontravam outras parecidas. Bosco ficou sério. Seria impressão sua ou elas estavam paradas conversando? Jurava que podia escutar um zunzunzum vindo de quando em vez de algumas das formigas. Elas estavam paradas, batendo papo!

— Pai! Gui! Olha!

Dessa vez Bosco apontou para as formigas mais solitárias.

— Que gracinha, pai! Aquelas ali não estão trabalhando, estão... estão se confraternizando.

O pai riu do comentário da filha.

Ficaram agora acompanhando a vida daquelas formiguinhas mais tranqüilas, que não corriam para lá e para cá. Elas conversavam, entravam em lugares mais calmos e pareciam parar e não fazer nada e, no final das contas, voltavam para casinhas pequenininhas; pareciam formigas pobrezinhas, que não tinham a chance de construir torres imensas como as outras, mas nem por isso mostravam-se infelizes. Elas, em vez de filas imensas de funcionários às suas costas, tinham amigas formigas que tinham tempo para desfrutar de um bom papo, de comentar um livro que haviam lido ou mesmo de falar sobre coisas que um dia iriam fazer.

Jonas e as crianças voltaram a observar a formiga empreendedora. Ela subia ainda mais alto sua torre, tomando o cuidado de assentar um tijolinho de cada vez, seguindo um plano meticuloso e infalível que há muito transformara a sua torre na torre mais alta do formigueiro. Suas companheiras funcionárias executavam suas ordens, umas com vigor, outras mansamente, mas todas erguendo aquela torre para que ela pudesse ser vista de todos os cantos daquele pedaço de terra. Muitas formigas, que passavam lá embaixo com seu fardo de ocupação montado nas costas, vez ou outra paravam um tiquinho e lançavam um olhar e um suspiro lá pra cima, admirando, invejando ou temendo aquela torre imensa. Suspiravam e seguiam sua marcha, ocupadas em se ocupar. Eram as formigas mais infelizes que aquele trio já tinha colocado os olhos.

— Nossa, papai! Olha!

Agora foi a vez de Ingrid apontar para o formigueiro.

De repente, sem mais nem menos, a formiga chefe foi apagando seus movimentos, ficando lenta, até que quedou imóvel e despencou do alto da torre e, quando bateu no solo, já estava sem vida. Imediatamente formou-se um círculo ao redor do cadáver da formiga. Em mais uns instantes aquele corpo escuro e gordo estava nas costas de outras tantas formigas e foi carregado até um montículo mais retirado para onde eram carregadas outras tantas centenas de formigas. Só agora os visitantes do caminho do poço das lágrimas se davam conta de quantas formigas morriam e quão rápido era esse processo. Assim que a grande e gorda formiga chefe da torre mais alta foi atirada ao cemitério de formigas, seu corpo foi coberto

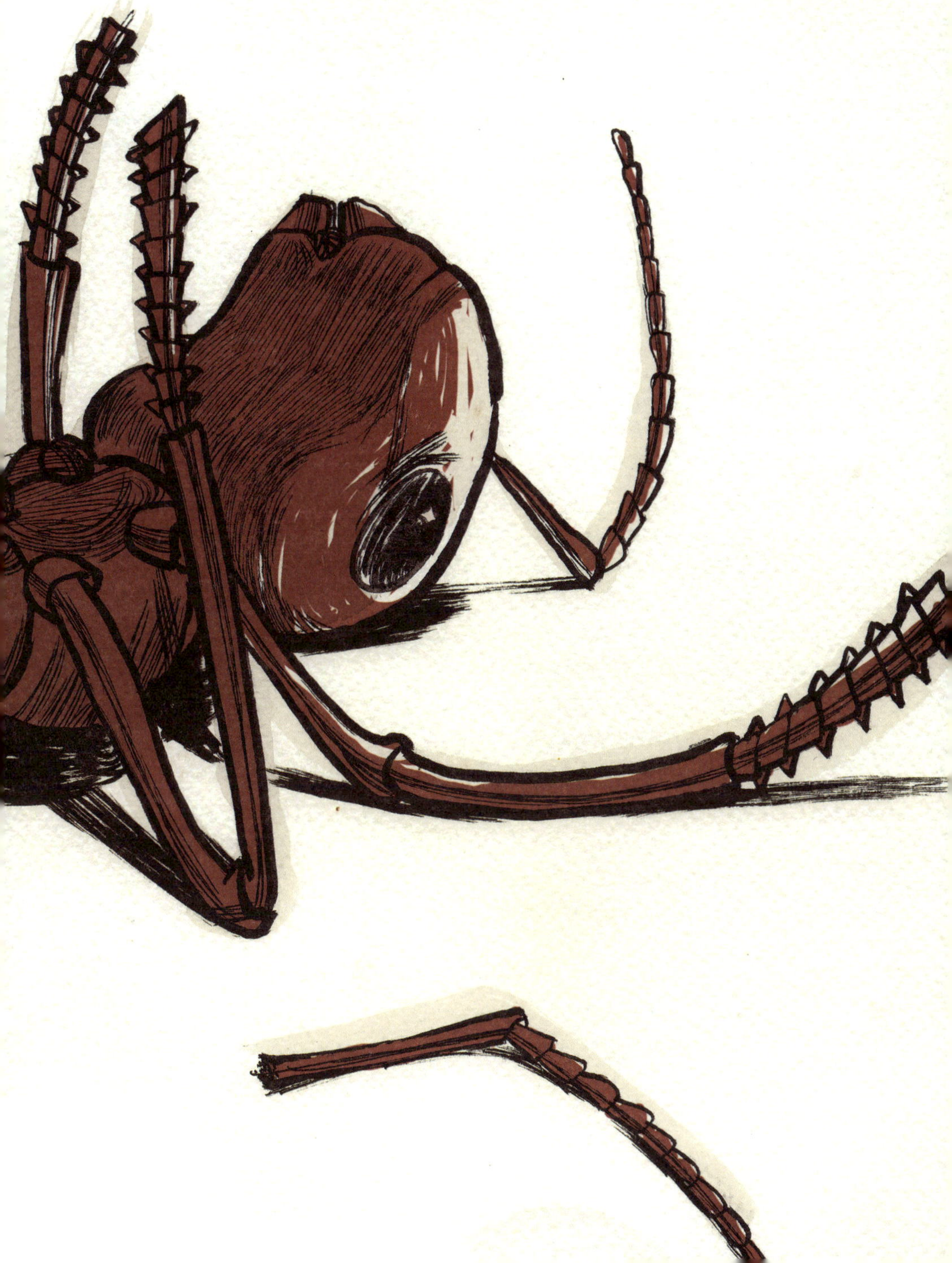

por outros corpos daquelas que também haviam chegado ao fim da jornada. Uma das novas mortas fazia parte do distinto grupo de formigas que ficavam conversando, gastando tempo com seus amigos e familiares, visitando outras formigas, comentando sobre o dia e sobre quão curiosa era a vida. De igual, as duas estavam mortas e enterradas sob outras tantas formigas. Notaram também que, ao lado da grande torre, outra formiguinha já tinha tomado o posto de líder, comandando o assentar de tijolos na nova construção, comandando a longa fila de formigas-funcionárias que não paravam de fazer a novel torre crescer; e como muitas das outras formigas sem líder agora apanhavam os velhos grãos de barro da velha torre mais alta do formigueiro, transpondo-os para a construção da nova formiga chefe, não seria de se admirar que brevemente aquela torre elevar-se-ia à condição de "a mais notável" daquelas bandas.

— Como elas morrem rápido... — balbuciou a menina.

— De fato, jovenzinha. Até mesmo eu que aqui sempre estou fico admirado de quão efêmera é essa passagem das formigas pela vida.

— Não parece justo o que estão fazendo — tartamudeou Bosco, também abalado com a triste realidade das coisas, apontando para a torre nova que crescia acelerado. — Elas já se esqueceram daquela formiga morta e foram todas construir outro formigueiro.

— Surpreendente, não é? — perguntou o homem de cachimbo.

— Ela estava tão ocupada construindo a torre que nem viu que estava morrendo — rematou Jonas.

— Mas todas morrem, papai. Aquela lá não morreu por causa do trabalho. Morreu por causa do tempo.

— Uau. Que filha admirável o senhor tem, seu Jonas.

O pai afagou a cabeça de Ingrid.

— É. A outra que só ficava conversando também morreu. Igualzinho à outra, foram enterradas juntas — resmungou o garoto.

O homem do cachimbo endireitou o corpo e colocou as mãos nas costas enquanto esticava a coluna e gemia.

— Ai, minhas costas. Olhar para esses bichinhos dá um trabalho. He, he, he.

O trio também se afastou da borda de barro, deixando as formigas seguirem sozinhas suas trilhas, suas vidas e suas mortes.

— Qual delas viveu melhor, moço? A que trabalhou e construiu a torre mais alta de todo o formigueiro ou a que ficava com os amigos e falava de coisas que passava na TV das formigas e perdia tempo indo visitar entes queridos? — perguntou Ingrid.

O trio ficou calado enquanto e velho dava outra tragada no cachimbo.

— Essa até que é fácil de responder, menina.

— Pois então responda, oras.

O velho soergueu as sobrancelhas e sorriu.

— Não posso lhe dizer qual delas viveu corretamente porque não as conhecia. Mas afirmo que viveu melhor aquela que viveu feliz. Viver feliz é o que importa, querida.

Ingrid sorriu de volta ao homem.

— Vocês precisam seguir em frente porque senão vão perder a hora.

O trio trocou olhares.

— Eu já queria ir mesmo. Aqui não tem água nenhuma. Minha sede tá me matando — queixou-se o menino, mancando e sentando na beira do caminho. — Pera aí. Vou tirar essa pedrinha que entrou no meu sapato. Dói pra danar.

— Você e essas pedrinhas no sapato, hein, Bosco — implicou a irmã.

— Deixa ele, Gui. Não dá pra seguir em frente assim. Já basta a sede do coitado.

Ingrid virou-se de volta ao formigueiro e assustou-se. O velho não estava mais lá.

— Nem deu tempo de perguntar o nome dele — balbuciou.

8

Bosco ficou sentado um tempo na beira do caminho. Os lábios secos, a língua prendendo no céu da boca. A sede lhe comia por dentro.

— Vem, Bosco. Temos de continuar — incentivou o pai, passando a mão em sua cabeça.

— Estou com tanta sede, papai — Bosco suspirou, como que entediado e, depois de uma breve pausa, ergueu os olhos para Jonas perguntando. — Você acha que eu vou conseguir?

Os olhos do pai brilharam, olhando para o filho.

— Você acha? — tornou.

Jonas balançou a cabeça em sinal positivo.

— Vem, vamos continuar. Vem, Ingrid, você também tem de seguir.

Depois de muito caminhar, os três começaram uma subida beirando duas montanhas.

9

Ingrid sorriu, olhando para o alto.

— Olha, pai. Parece que estamos subindo para o céu. Aquelas nuvens... parecem anjos.

Jonas também mostrou-se tocado pela imagem, estendendo os lábios com alegria.

— É verdade. Anjos tocando trombetas.

Bosco, com o semblante fechado, disse:

— Não são trombetas. São espadas de fogo fechando portões. São trancas que não querem deixar gente alguma passar.

Os três ficaram calados um momento e continuaram a caminhada.

Onde estavam no momento exigia que se esforçassem muito mais. Caminhavam por um terreno tão inclinado que, por vezes, tinham de se agarrar nos paralelepípedos que calçavam o caminho para avançar, como se estivessem escalando uma montanha, esforçando-se para vencer os primeiros degraus de uma interminável cordilheira.

— Quero ver como nosso carro vai passar por aqui na volta, papai — observou Ingrid.

Jonas olhou ao redor. Agora, diferente de quando começaram a subida, um vento mais forte cortava o alto do morro, esfriando seus braços. À frente deles o caminho retomava mais ou menos reto, num planalto sem fim.

— Uau. Que lugar é esse? — inquiriu mais uma vez o menino, interessado.

— Não me lembro daqui — disse Ingrid. — Na verdade... eu nunca passei por aqui na minha vida.

— E sabe o que me deixa mais triste, mana? É que eu tô morrendo de sede e até agora não vi uma venda e também não vi lugar nenhum onde pudéssemos tomar água. Já estou ficando doido.

— Vamos andar. Ainda não chegamos. Quando chegarmos, teremos água, comida, conforto, tudo isso.

— Você está falando isso desde que entramos no carro, pai. Não quer parar nunca. Parece que não curte ficar com a gente!

— E a mamãe? Por que ela não ligou? Por que não pede pra ela vir buscar a gente?

Jonas não sabia o que responder para a filha. Não queria mentir, mas também não queria contar a verdade, que ainda era nebulosa em sua mente e, com toda certeza, soaria sombria aos filhos. De momento em momento, fragmentos, a princípio desconexos, assaltavam seus pensamentos, trazendo lembranças que hora confundiam mais, hora suscitavam lampejos de recordações. Jonas sabia que só estava ali para acompanhá-los, para que chegassem em segurança e que, de uma hora para outra, seria arrancado do meio deles, seria transportado para outro lugar, um lugar que não conhecia e para onde não queria ir. Sabia que o casal de filhos tão amados não entenderia essa separação e não iriam querer esperar o tempo certo para o reencontro sem que ele, o pai, estivesse junto deles. Por isso, respondeu da forma que lhe foi mais fácil.

— Ela não pode vir. Ela está ocupada.

Ingrid parou, ofegante. Empurrou os cabelos longos que lhe caíam por cima dos olhos e encarou o pai.

— Mas a mamãe vai estar lá esperando a gente?

Bosco veio para perto do pai para ouvir a resposta.

— A mamãe... ela... eu não sei se ela vai estar lá — contornou o pai. — Ela pode não saber chegar onde estamos.

— Nossa! — exclamou a menina.

Todos olharam na direção em que Ingrid estacara, capturada por outro momento de espanto.

— Andamos tanto, mas tanto... e aquela casa ali no meio das árvores... parece a mesa que vimos lá embaixo!

— Impossível!

Jonas acompanhou a filha. De fato a casa isolada no meio do bosque rajado pelos raios de sol era muito semelhante à anterior.

Bosco também adiantou-se um pouco. Talvez fosse boa idéia ir até aquela casa, mesmo sendo fora da trilha daquele estranho caminho. Em uma casa como aquela certamente haveria água.

A luz do dia começava a mudar. Depois daquela escalada, as nuvens pareciam mais baixas e começaram o tomar maior espaço, diminuindo o azul do céu e deixando o bosque mais sombrio. Filetes dourados persistiam em varar a folhagem, salpicando lugares com aquele tipo de alegria que só o sol consegue carregar.

Ingrid chegou à beira do caminho. Lembrou-se do inusitado aviso do estranho senhor de cachimbo. Contudo, um turbilhão de borboletas encheu seus olhos, tapando a visão completa da casinha. Havia algo naquilo. Elas tinham escondido um vulto que adentrara a residência de madeira. Talvez uma menina que pulava amarelinha. Consumida por puro impulso, Ingrid foi a primeira deles a deixar o caminho.

10

Ingrid pisou na grama e avançou pelo bosque. Ouvia as vozes de Bosco e do pai, Jonas, chamando-a, alertando-a, distanciando-se cada vez mais e mais. Um vento gelado açoitou suas costas, tão repentino e violento que a fez rolar pelo chão, batendo contra o tronco de uma árvore. Sua visão escureceu por um breve instante. Ergueu os olhos, procurando as borboletas. Não estavam ali. O céu rajado de sol também não estava ali. Levantou-se sobressaltada. Toda a paisagem de um segundo atrás estava ali, sim, mas, ao mesmo tempo, não estava. Tudo surgia correlacionado à frente dos seus olhos. As árvores, antes verdes e deslumbrantes, pareciam as mesmas, entretanto, de uma maneira estranha, estavam secas, com as cascas enegrecidas e os galhos eriçados e retorcidos, lembrando garras ariscas, prontas para rapinar algum desavisado. Outra coisa esquisita era o fato de que, em algum lugar muito distante, alguém cantava uma música de ninar. Uma das músicas que ouvia sempre na infância quando sua mãe afagava e enrolava seus cabelos entre os dedos na hora de dormir. Delícias e sonolência boiaram em sua mente. *Se essa rua, se essa rua fosse minha...* repetia a voz longínqua, uma voz saída de antigas caixas acústicas, alto-falantes. Ingrid encheu o peito de ar e ansiedade. As árvores negras, com seus galhos queimados, sem folhas e sem vida, injetavam uma melancolia insuportável ao espírito da menina. Não havia suavidade na paisagem, tudo parecia anguloso e áspero demais, criando um fotograma que escorria do quadro e afundava e sufocava quem ousava sustentá-lo. Ingrid sentiu o gosto da solidão passando a língua entre os lábios e, então, seus cabelos se arrepiaram. Só agora dava tento de que toda a paisagem ao seu redor estava coberta por uma capa branca-acinzentada. Ingrid via flocos de neve. Já não existia atrás de si o caminho de pedras nem podia ver seu pai ou seu irmão. Ingrid estava sozinha e estava em outro lugar!

* * * * *

Jonas viu a filha adentrar o bosque. Seu coração disparou. Nem ela nem Bosco podiam deixar o caminho. Simplesmente não podiam. Estavam avisados. Tinham de seguir em frente, sempre. Viu Ingrid cair na grama verde perto de uma árvore. Bosco fez menção de também abandonar o caminho. O pai não permitiu. Agarrou o braço do filho com força.

— Fique aqui, filho. Tem algo de esquisito nisso aí.

— Eu quero ajudar minha irmã, pai!

— Eu sei. Calma! Lembra do que o homem disse? Não devemos sair do caminho. Grite para ela, peça para ela voltar.

Bosco obedeceu. Ele e o pai passaram a chamar por Ingrid, que não se levantou.

Jonas viu o rosto da menina ser atingido e iluminado pelos raios de sol. Sua filha ensolarada. Ela olhava em seus olhos. Olhava em seus olhos como quem pede socorro. Jonas não conteve o instinto de proteção paternal. Foi Jonas o segundo deles a deixar o caminho.

11

Igual a filha, ao cruzar a borda do trilho de pedras para o gramado do bosque, sentiu um turbilhão de vento empurrar seu corpo. Seus olhos encheram-se de poeira enquanto lutava para manter-se em pé. Amparou-se na direção do tronco de uma árvore. Tocou a casca seca do vegetal e, então, seus ouvidos foram bombardeados por vozes. Vozes de centenas de crianças. Sentiu que tocavam seu corpo, puxavam o tecido de suas roupas. Com dificuldade, Jonas limpou os olhos da poeira e finalmente pode ver. Ver que não mais estava no bosque que contemplava à beira do caminho. Estava num vale de terras secas, de paisagem marrom e árida. Cercado por inúmeras crianças esfarrapadas que lhe estendiam a mão, pedindo ajuda ou apontando caminhos ou aproximando pratos vazios. Jonas sentiu-se tonto. Seu coração parecia que ia sair pela boca. Uma criança vestida de branco, com um chapéu que a fazia parecer uma enfermeira, sussurrou para outra ao seu lado:

— Ele não vai conseguir.

A outra menina ficou olhando para Jonas e, por fim, retrucou:

— Ele é forte. Não vai desistir.

Aquelas duas afastaram-se enquanto Jonas, ainda estático e tomado pela surpresa, olhava para os lados, procurando algum sinal de Ingrid. Só conseguia ouvir, bem distante, destacando-se daquelas súplicas ao seu redor, uma voz melodiosa, cantando uma cantiga de ninar.

Jonas mexeu-se, começou a caminhar na direção da voz que cantava. O sol ardia acima de sua cabeça e nenhuma das árvores provia sombras até onde a visão alcançava. Caminhou coisa de quinze metros com as crianças ajuntando-se ao seu redor. Um menino de aproximadamente três anos caiu aos seus pés. Jonas abaixou-se para ajudá-lo a se equilibrar. O guri sorriu e começou a andar, mas foi novamente derrubado por outra criança afoita e desatenta. O homem, aturdido com tantas faces e tantos pedidos de ajuda, tornou a acudir o pobre infante. Uma menina agarrou sua mão e falou:

— Minha mãe está sufocada, moço. Vem me ajudar!

Outra criança estendeu uma cumbuca.

— Me dá papá. Quero papá, tio.

Jonas girava para todos os lados. O garotinho caiu mais uma vez. As crianças não paravam, frenéticas, com olhos esbugalhados e assustadores, umas pediam dinheiro e outras pediam comida, algumas choravam desesperadas, exibindo um machucado no dedo ou no joelho, outras pediam socorro para a mãe ou o pai adoentados. Um verdadeiro inferno. Começou a seguir a menina que disse que a mãe sufocava. Olhava atarantado para os lados, buscando Ingrid com os olhos. Não via a filha em parte alguma.

— Rápido, tio. Ela pode estar morta. Ela pode ter morrido.

Jonas sentiu os pêlos dos braços arrepiarem-se.

— Quem está morta?

— Minha mãe. Rápido.

A menina andava depressa. Caminhou até um amontoado de crianças que pareciam esperar o nada acontecer. Os maltratados se esparramaram quando a menina chegou, liberando espaço no chão empoeirado. Uma mulher cianótica, doentiamente magra, gemia, caída.

— Deus!

Jonas virou a mulher de lado e bateu em suas costas sentindo, com certo temor, as costelas da padecente. Sentia mais, a cada batida, a palma da mão afundava nas concavidades provocadas pelos hiatos entre as costelas, acentuadas pela magreza flagrante. A mulher começou a tossir.

— Desengasga, dona! Alguém me ajuda!

A algazarra das crianças cresceu quando a mulher voltou a respirar. Mãos apalpavam as costas de Jonas, batiam em seus ombros e braços. Alguns seguraram a manga de sua camisa.

Jonas sentou a mãe da menina. Olhou ao redor. A menina não estava mais ali. A mulher, cadavérica, respirava profundamente, voltando aos poucos à normalidade.

— Calma, senhora, calma.

Com o peito magro subindo e descendo repetidamente, com olhos fundos e escuros, a mulher sustentou o olhar do homem.

— Calma.

Ela tremia. Segurou a mão de Jonas.

— Elas quase me pegaram — falou a mulher, com voz rouca.

— Quem? — perguntou o homem, olhando para as crianças.

— As pequenininhas. Elas conseguem levar qualquer um, moço. Escuta bem o que te digo, elas pegam qualquer um, carregam a gente naquelas caixas.

Jonas retraiu o braço, livrando a mão dos dedos macilentos da mulher esquelética.

— De quem a senhora está falando?

Foi a vez da mulher retrair-se toda e ficar deitada no chão de areia, em posição fetal, tremendo e apavorando ainda mais o homem.

— Eu tenho medo de falar, moço. Eu não posso falar. Volte pro seu caminho. É isso que tem de fazer. Não tenha medo do cemitério, todo mundo que trilha o caminho das lágrimas tem que passar por ele. Faz parte da vida de todo mundo que caminha... da vida e da morte também.

— Que cemitério é esse?

— O cemitério do meio do caminho. O cemitério assombrado.

Jonas, aturdido, afastou-se das crianças. Era como afundar num fosso de areia movediça, mas, em vez de afundar em grãos carregados por água, afundava no desespero que transbordava daquela alma atormentada e em meio a centenas, talvez milhares, de crianças acotovelando-se às suas costas. Se continuasse ouvindo seus clamores, não encontraria mais sua filha. Levantou-se e foi se afastando do tumulto. Contudo, quanto mais andava, mais crianças surgiam. Gritou por Ingrid. Subiu em uma pedra, rodeado pelas crianças pedintes, que giravam como onda, formando um Maelstron mais terrível que o já imaginado e descrito por Poe. Do alto da pedra, sobre as vozes dos desesperados, ele ouviu melhor a canção. *Nessa rua, nessa rua tem um bosque...*

Jonas desceu da pedra e começou a correr em direção àquela voz que cantava de forma automática, fria, como se tivesse sido gravada em uma fita antiga, cem anos atrás, com chiados aumentando em determinadas passagens. Mais uma vez sentiu os pêlos dos braços erguerem-se.

— Não pode ser.

A voz! A voz era... era de sua esposa! De modo inexplicável, ela havia deixado a casa da família. Lorena estava ali, em algum lugar. Talvez o mecânico tivesse encontrado um telefone e avisado a ela sobre o acidente. Jonas até sorriu. Mas seu sorriso, que sempre lhe deixava mais belo do que era, foi fugaz. O lampejo brilhante em sua face foi diminuindo à medida que o volume da voz aumentava. Era só uma gravação. Tinha certeza.

12

Ingrid ainda estava abalada com a mudança brusca da paisagem. Agora ela entendia que aquilo que caía em grande quantidade do céu não era neve. Não havia frio algum ao seu redor nem em sua pele, onde os flocos finos se acumulavam. Aquilo era fuligem. Talvez uma grande queimada nos arredores ou mesmo um gigantesco incêndio acidental à beira da estrada estivesse devorando tudo ao redor. Mesmo assustada, ela continuou. Ingrid nunca se dobrava aos medos logo no primeiro instante. Para se alcançar os objetivos, mesmo os mais infantis, é preciso seguir em frente. Ela sempre ouvia isso da avó. Ir em frente. Em frente. Seguir. E seguiu. Afundando os pés nas cinzas. Com o cheiro de plástico queimado dando-lhe náuseas. Torpor. Um som horripilante nasceu no céu e veio em sua direção. A garota abaixou-se. Uma coluna negra de fumaça passou sobre sua cabeça, zumbindo, e o chão estremeceu. Ingrid correu até o tronco seco de outra árvore. Labaredas alaranjadas escapavam onde a coisa tinha caído. Metal em chamas. Um meteoro? Um cometa? Não. Cometas não caem. Cometas lampejam no firmamento, deixam rastros belos e magnetizam olhares. Aquilo que passou voando, intimidando, espalhava o cheiro da morte, aquele cheiro azedo, que impregna e faz nos benzermos sem saber exatamente o que estamos fazendo. Aquele cheiro de cravos e parafina que cria uma redoma aromática ao redor dos ataúdes onde descansam os mortos. Ingrid virou-se rapidamente e tomou novo susto. À sua frente, a coisa de um metro de altura do chão, pairava um anjo. A menina franziu a testa e ficou em dúvida. Não era um anjo. Era uma fada! Enorme! Não aquelas fadinhas verdes que cabem na palma da mão. Era uma fada do tamanho de gente, com asas e tudo o mais. Tinha o corpo fino, tão fino, que dava a impressão de que se partiria a um toque brusco. O rosto, um pouco espichado, lembrava historinhas infantis. Era um rosto do bem, apesar de ser um rostinho sujo, recoberto por fuligem e desgosto que vinham de todo lugar. Dos olhos da fada-anjo desciam dois filetes negros, como se ela tivesse chorado há pouco. Ingrid ainda estava assustada com a aparição, imóvel, quase com medo, apanhada naquela amálgama de temor e curiosidade que tempera o sangue dos mais desbravadores. A fada tinha no rosto e no corpo algo de reconhecível. Ingrid ainda não sabia o quê. Lembrou-se da avó novamente. Em frente. A menina ergueu a mão na direção do anjo em forma de fada e, tão repentina quanto surgiu, a criatura dissolveu-se diante seus olhos, como as cinzas, e desapareceu.

— Não — gemeu Ingrid.

A menina firmou os olhos. Na direção onde a fada estivera podia ver uma silhueta entre as árvores. Lá longe estava o casebre, rodeado por outras criaturas aladas que voavam ao seu redor, criaturas bem distantes das borboletas, bem diferentes daquelas que haviam seduzido seus passos de menina. Mesmo assim, sabendo que o casebre forjara uma farsa, Ingrid decidiu que tinha de ir visitá-lo.

13

Bosco estava sozinho à beira do caminho. Esfregava as mãos, preocupado com a irmã e com o pai. Eles haviam caminhado bosque adentro, mas, para sua maior aflição, notara que cada um tinha seguido para um lado. Alguma coisa errada estava acontecendo naquela mata. Pensou também em cruzar das pedras secas para o chão verdejante, entretanto, conteve-se. O pai havia pedido para esperar ali. Sua boca seca incomodava mais do que nunca. A sede agora parecia tomar a forma física de um tridente, espetando sua cabeça, garganta e lábios, ou de uma aranha peçonhenta fincando-lhe as presas na boca e no rosto. Aflito, o menino passou a mão pelos cabelos. Por que estavam ali afinal de contas? Não entendia como não tinha visto a hora que saíram do carro. Sabia que tinha o sono leve. Teria acordado assim que o pai o apanhasse no colo. Não fazia sentido o pai ter deixado o carro para arrumar em um lugar tão distante e tão... tão bizarro. Que história era aquela do homem que fumava cachimbo? Não podiam sair da estrada de pedra. Essa era boa! Por quê? Bosco começou a andar. Tinha de encontrar e tomar um gole d'água ou ficaria louquinho da silva. Só não podia afastar-se muito daquele ponto. Marcou os detalhes que podia perceber. Uma árvore em forma de ípsilon para a direita. Uma rocha avermelhada, cheia de manchas bem na borda, entre o caminho e a grama. Tendo certeza de que encontraria o local na volta, Bosco começou a avançar sobre o trajeto de pedras. Ele andava porque há muito tempo tinha sede.

14

Jonas aproximou-se do alto-falante. Era um círculo negro, pequenininho, bem colado a um amontoado de rochas que se erguia formando um paredão.

— Como é possível? — murmurou para si mesmo.

O que o deixava mais intrigado era o fato de a voz da esposa, Lorena, estar bem ali, cantando a música que sempre cantava para as crianças dormirem. Jonas, emocionado, ajoelhou-se junto ao alto-falante. Tocou a peça negra e sentiu as vibrações. Como um aparelhinho tão pequeno conseguia propagar som tão alto? Jonas percebeu que não só sua mão vibrava quando os graves eram cuspidos para fora do aparato como também as rochas perigosamente empilhadas e o chão ao redor também tremiam. Apanhou o alto-falante na mão e puxou-o para si. Aquilo tinha de parar. Foi após esse ato impensado que o homem tomou novo susto. O alto-falante tinha uma extensão que ia para dentro do desfiladeiro de rochas empilhadas. Quando o puxou, sentiu um solavanco na direção contrária e então a peça foi arrancada de sua mão. Jonas caminhou para o meio das paredes de pedras e congelou. Seus olhos arregalaram-se. Uma criatura com coisa de cinco metros de altura estava ali, parada, respirando, com seu imenso tórax inflando e desinflando, numa respiração comprida, uma respiração de contos de fada. O monstro tinha braços enormes e mãos imensas. Não havia cabeça. Onde teria uma cabeça, espantosos círculos negros, vibrantes, de onde escapava a canção, tomavam seu lugar. Jonas deu dois passos para trás. Mais um e estaria fora do desfiladeiro. Foi então

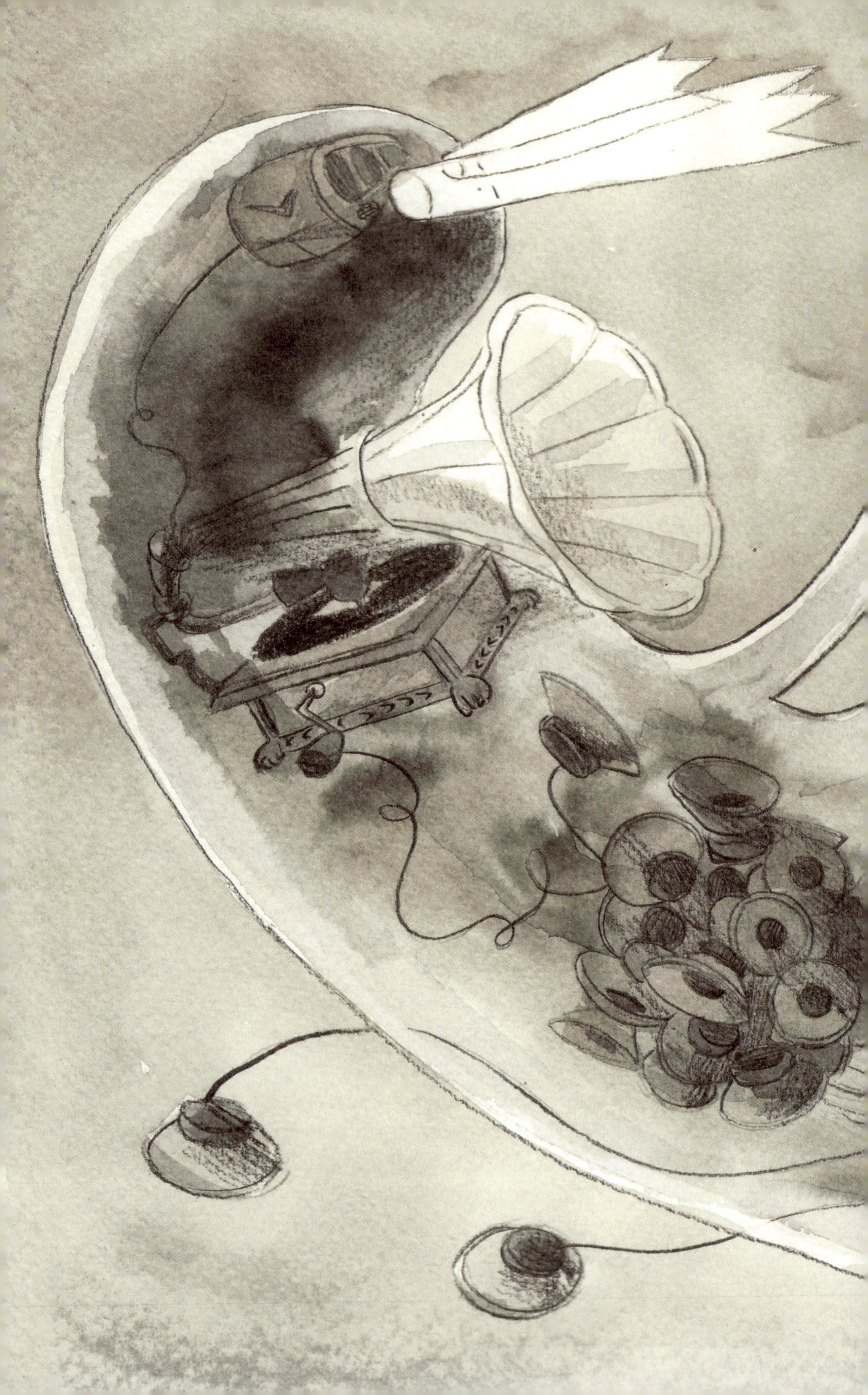

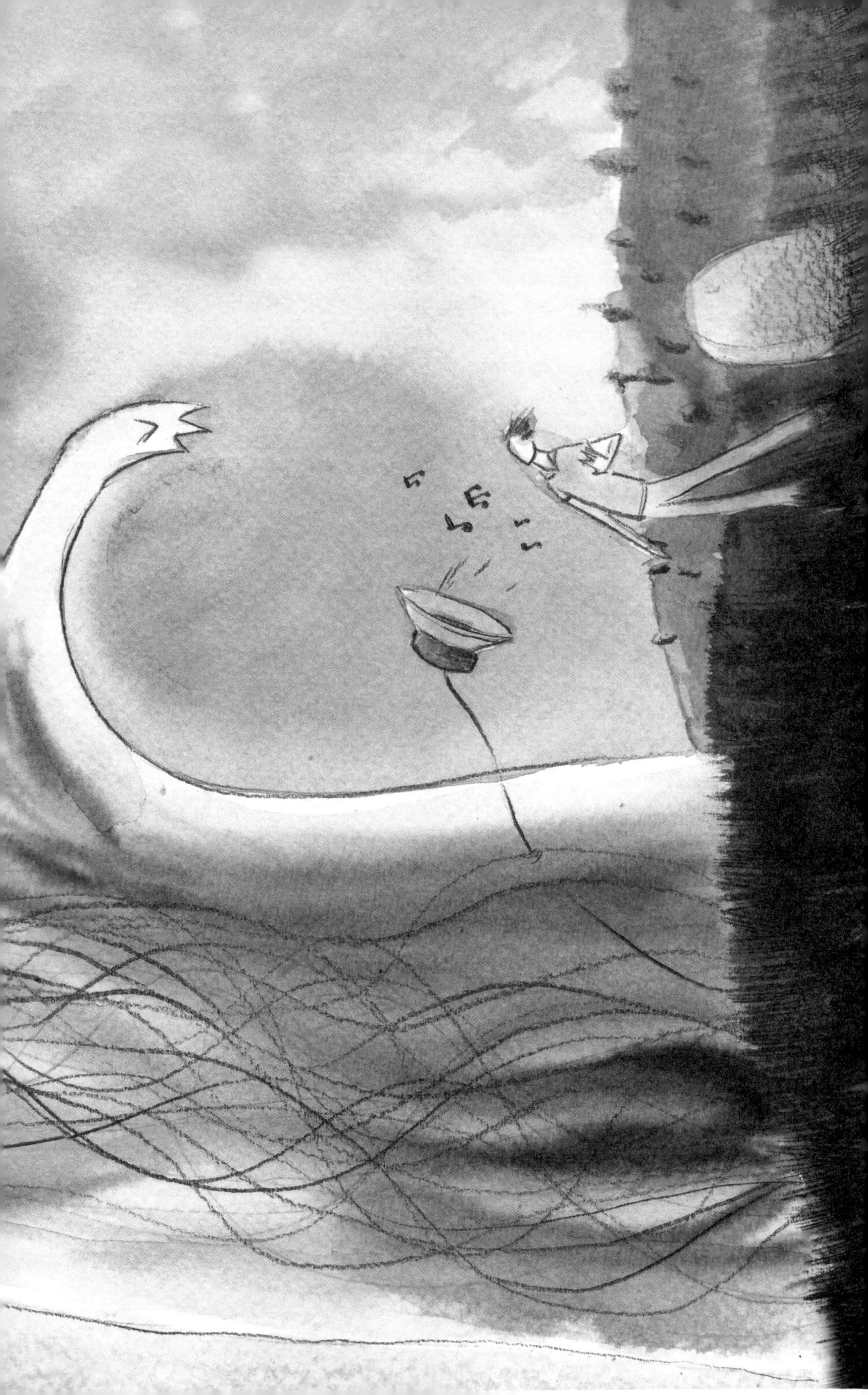

que a fera curvou-se e arremessou a mão contra o pai de Ingrid e Bosco fazendo dela um martelo de pedra maciça. O homem abaixou-se e escapou por um triz do pesado punho que afundou nas pedras fazendo uma porção delas desmoronar.

— Calma. Calma, meninona — pediu o viajante.

O monstro alto-falante ergueu ambas as mãos acima da cabeça e desceu-as unidas em mais um golpe poderoso.

Apesar da ferocidade dos ataques, dos alto-falantes continuavam saindo a suave e discrepante música de ninar. Quem estivesse ali, julgaria que o coreógrafo daquela dança tinha algum problema, certamente estaria desgovernado e em pouco tempo perderia o controle das rodas. Jonas rolou para os lados enquanto ouvia o trecho em que se dizia que *nessa rua, nessa rua tem um bosque, que se chama, que se chama solidão. Dentro dele, dentro dele mora um anjo, que roubou, que roubou meu coração.*

Jonas começou a correr pelo chão seco. Agora, as crianças desamparadas daquela visão do inferno abriam um corredor largo, sem entrar na sua frente ou fazer pedidos. No rosto de cada uma delas, o pai procurava a filha.

A fera soltou um urro em meio à canção e disparou de forma ágil, como um gorila, na direção do fugitivo. A criatura deu um salto e caiu à frente do homem, que tombou. Sua mão imensa voou na direção do pequeno humano e o agarrou entre os dedos.

Jonas tentou lutar contra aquela garra descomunal que o abraçava por inteiro, mas não conseguia aliviar aquele aperto em um centímetro ao menos. A música tinha terminado e agora o monstro com a voz de Lorena reproduzia outra cantiga de ninar, narrando a saga de alguém que ia ao Itororó buscar água sem encontrar. A fera caminhava devagar, retornando para sua arapuca de paredes de pedras enquanto Jonas continuava a lutar. Foi no meio dessa insistência que se lembrou justamente do que Lorena fazia quando cantava essas cantigas de ninar. Muitas vezes as crianças agitadas não queriam dormir... e ela as segurava num abraço firme na cama e continuava com as canções, persistente, até que se acalmassem. Lorena, naquelas circunstâncias, devia parecer para as crianças um monstro de garras invencíveis tal e qual a fera dos alto-falantes. Jonas tentou ficar tranqüilo e pouco a pouco foi retomando controle do seu corpo. Aguardou uns instantes e fingiu adormecer. A música suave entrava em seus ouvidos, acalentando seu coração. Sentia algo de profundo na voz de Lorena. Sentia calor escapando daquelas caixas mecânicas. Era como se ela estivesse mesmo ali, de algum modo, dentro daquela criatura surreal.

— O que foi que eu fiz? — perguntou Jonas para a criatura.

O monstro remexeu-se mansamente, como se entendesse a pergunta. Um dos alto-falantes pequenos que circundavam sua cabeça veio flutuando em sua direção. Da pequena peça emanava uma voz desconhecida, meio estridente e vacilante.

— Eu acho que foi aqui que ele passou. Dá uma olhada nesse buraco. É indecente.

Jonas olhou para baixo procurando buracos. Nada. Estaria cativo de um sonho ou de um pesadelo?

— De que buraco você está falando?

O alto-falante virou-se para ele mais uma vez, como se o encarasse, como se fosse aquele objeto circular a cabeça de um observador.

— Olha, ele está ouvindo a gente.

Jonas enregelou e ficou calado.

— Calma, senhor. Nós vamos dar um jeito. Vou te tirar daqui.

— E minha filha? Você pode ajudá-la?

— É... sua filha... ainda não sei.

— Onde vocês estão? Isso é um telefone? Que tipo de lugar é esse? Eu perdi minha filha, não consigo vê-la.

— Acho que ele bateu a cabeça. O que você acha? — o alto-falante ficou mudo por um instante. — É, você tem razão, meu chapa. Também acho que ele vai conseguir.

Jonas desistiu de entender aquela conversa maluca, talvez por cansaço ou por puro medo, tornando a fechar os olhos. Tinha de sair dali. Tinha de voltar para um lugar que parecesse real. A voz desconhecida eventualmente soltava algumas palavras desconexas. A sessão de músicas de ninar continuou, entorpecente. Jonas fingiu tão bem aquela estudada tranqüilidade que, de fato, adormeceu.

15

Ela parou em frente ao casebre. A construção simples, de um único bloco, igual aos troncos finos e secos do bosque, também exalava aquela fumaça rala e branquíssima, como se um incêndio avassalador tivesse percorrido toda aquela região, comendo tudo, como se um espectro fantasmagórico vazasse de suas madeiras e ganhasse o céu, instilando medo e suspeição ao redor da casinha. Tal e qual numa paisagem invernal, o telhado estava coberto de branco pelo acúmulo daquela estranha chuva de cinzas. As paredes eram de tábuas, quase nenhuma inteira, as janelas sem vidros, com certeza, já não seguravam o vento. A porta da varanda, solta do batente, pronta para ir ao chão, balançava suave. Pedaços de madeira para todo lado, lascas, peças soltas, tudo fedendo a abandono e a fumaça. No assoalho, algumas tábuas largas e compridas, com pedaços em brasa, eram responsáveis pela sensação de calor arremessada contra o

corpo de quem entrava. O fogo tinha passado por ali também. Restos de móveis queimados aqui e ali ainda bafejavam. Um cômodo amplo, uma lareira de pedras, molduras carcomidas pelas paredes e só. Havia também aquela quentura latente, aprisionada abaixo do assoalho, atingindo os pés sem queimá-los. Ingrid olhou sobre a mesa. Uma garrafa de barro quebrada. Não adiantaria nada Bosco ter ido até lá. Sua sede não seria saciada naquele lugar quente e esquecido. Ouviu um crepitar às suas costas. Uma labareda alaranjada subia pela parede de madeira dos fundos, onde dezenas de retratos repousavam. Os pêlos em seus braços mais uma vez arrepiaram-se. Eram fotos de uma garota, uma menina nova como ela. Ingrid aproximou-se. Ela conhecia aquela garota da foto! O fogo pegou a primeira fotografia e Ingrid correu para salvar aquele instantâneo, apanhado no passado de alguém que um dia existira. Arrancou a moldura do lugar e bateu com a mão sobre as brasas que comiam a fotografia. A garota ficou hipnotizada por um momento. Era a foto de um quadrado desenhado no chão onde lia-se a palavra céu, escrita com giz de lousa no seu interior. Seus olhos correram para a parede. A chama avançava, faminta, tentando devorar outras fotografias, prejudicando quase cinco fotos da garota. Ingrid arrancou seu casaco verde e começou a bater na chama, derrubando vários dos porta-retratos, pisando sobre fagulhas, aplicando toda energia que tinha para salvar a menina das chamas.

16

Bosco continuou a caminhada pelo trilho de pedras. Parou embaixo da sombra de uma copa imensa que passava por cima do caminho. A sede o estava deixando cansado e confuso, tão confuso que jurava estar ouvindo o barulho de água corrente, bem ali, pertinho. Bosco andou mais alguns metros e viu algo estranho. Havia uma bifurcação no caminho. Um apêndice do chão de pedras serpenteava bosque adentro. Essa nova trilha era mais estreita e acabava repentinamente, depois de avançar por entre as árvores. Mas quem ali chegasse ficaria, tal e qual o pequeno Bosco, de queixo caído. Havia no meio do bosque um poço. O buraco cercado por pedras cinzas justapostas com coisa de um metro de altura. Um balde de madeira atado a uma corda pendia de um cilindro torneado no que fora um grosso galho de árvore. A clássica manivela na ponta direita convidava o viajante a arremessar o balde para o fundo e saciar a sede.

O menino parou bem na beira do caminho, tentado. Tentado porque as pedras do chão acabavam cerca de dez metros antes de alcançar o poço. Bosco esfregou as mãos e ficou olhando para o balde caído sobre o muro. Pingava água dele. Gotas gordas de água refrescante. Gotas que caíam numa margarida e escorriam das pétalas como lágrimas tristes. A sede era tamanha e a aflição tão insuportável que qualquer tipo de avaliação ou argumentação mental derreteria feito gelo sob o sol. O menino respirou fundo.

— Volto rapidinho. É só um golinho d'água — prometeu a si mesmo.

Bosco foi o último deles a deixar o caminho.

17

Jonas acordou dando um salto. Sorriu, abestalhado. Em parte feliz, porque sabia que aquela loucura toda só poderia ter sido um sonho e em parte triste, porque tampouco estava em uma paisagem tranqüilizadora. Não tinha a família por perto. Nem filhos nem esposa. Na verdade não sabia onde estava, sentia-se mais perdido do que nunca, submerso na penumbra que o rodeava. Estava no fundo de um buraco. Saltou e agarrou a borda. Precisou esforçar-se para sair daquela cova. Sim! Adormecera na mão de um gigante e despertara numa cova!

Quando caiu de costas no chão de cascalho e grama seca, notou as tumbas ao redor. Jonas estava em um cemitério decrépito, com túmulos abandonados, enfeitados com flores murchas, com inúmeras covas abertas e portinholas arrancadas dos seus mausoléus. A paisagem desolada o encheu de tristeza. Estivesse onde estivesse, ainda não estava em casa. Levantou-se e caminhou entre as lápides. O céu permanecia escuro e cheio de nuvens, bem diferente daquele céu iluminado do caminho. Vagando como alma perdida, encontrou o corredor principal do cemitério e, tomando essa alameda de árvores secas com copas extensas que jogavam dedos finos, entrelaçados, acima de sua cabeça, foi dar em um portão enferrujado e caindo aos pedaços. Para sua surpresa, ali, no portão, o caminho de cascalho continuava e seguia, descendo um morro escarpado.

Lembrou-se da mulher engasgada em seu sonho. Ela tinha falado alguma coisa sobre um cemitério. Só podia ser aquele ali.

Jonas seguiu pela nova trilha. De algum modo voltaria ao caminho das pedras e encontraria Ingrid.

18

Ingrid respirava, cansada, recostada contra a parede do fundo. Havia apagado a estranha chama que caminhava de fotografia para fotografia. Agora, os porta-retratos repousavam no chão. De um ou de outro escapavam filetes de fumaça ou pequenas chispas das bordas carcomidas pelo fogo ainda em brasa. Um sentimento de dever cumprido acalentava seu coração enquanto seus olhos zanzavam de foto em foto. Ainda saboreava a alegria de ter conseguido apagar o fogo e salvar a menina de ser comida pelo incêndio, quando foi invadida por uma angústia tão inesperada quanto esmagadora. Seus olhos demoravam cada vez mais sobre as fotografias daquele rosto a cada instante menos estranho. Como era solitária aquela menina das fotos! Ingrid enxugou as lágrimas que desciam de seu rosto com as costas da mão. Levantou-se e foi até a janela que dava para o outro lado da casa. Assustou-se. Não tinha bosque do outro lado! Era uma sala de aula! Olhou mais detidamente. Viu um caderno com seu nome. Reparou nos cartazes na parede da sala. Era a sua sala de aula! Mas como? Eufórica, virou-se em direção à porta. Foi quando outro susto bombardeou seu corpo, fazendo-a estremecer. Uma criatura hedionda, que deveria bater na altura de seu peito, vinha cambaleando em sua direção. O monstro tinha a pele grossa e disforme, um braço parecia mais curto que o outro, repuxado, preso, e quando respirava, uma fumaça escura e espessa escapava de sua boca e das narinas. Contudo, os olhos da criatura eram calmos e cheios de uma luminosidade reconfortante, um tipo de oásis incrustado num deserto de desespero e dor. A criatura chegou tão perto de Ingrid que a menina sentiu o calor emanando daquele ser, calor igual ao que sentia nos pés quando pisava entre as tábuas do assoalho. O monstro à sua frente de alguma forma terrível ardia por dentro. Ele cheirava a carne queimada, cheirava a tragédia e medo.

— Obrigado... sinceramente, obrigado — murmurou a criatura, aproximando-se ainda mais de Ingrid.

A menina sorriu ao ouvir o agradecimento. Parecia vir do fundo da alma daquele monstro que cheirava a fumaça e morte.

— Mas você chegou tarde demais! — gritou a aparição, empurrando Ingrid com as duas mãos e com toda a força que tinha.

Apanhada de surpresa, a menina voou de encontro à parede de madeiras velhas e carcomidas pelo fogo, que não suportaram seu peso e arrebentaram em centenas de pedaços. Caiu, escutando e vendo o casebre também ceder e implodir, esparramando cinzas para todos os lados. Ingrid foi coberta por aquele pó cinzento sufocante e pelas madeiras. Ficou quieta e imóvel por alguns segundos até que começou a sentir seu corpo flutuar, como se estivesse sendo carregada. Virou-se para o lado e não conseguiu ver nada nem mesmo estender os braços. Estava presa. As madeiras que tinham caído ao seu redor impediam que se movesse livremente. Virou-se para o outro lado e também não havia luz. Tentou levantar-se e bateu a cabeça numa tábua bem à sua frente. Ingrid, mais aflita, perdia mais uma vez o controle de sua respiração. A sensação de não estar fixa no chão continuava. Ela ouvia vozes bem baixinho. Centenas de pessoas falando, mas muito baixinho. Lembrou-se daquelas coisinhas ocupadas em tudo fazer. Estranhou algo. Seus braços não raspavam contra a madeira áspera. Para sua sorte, bem ali onde tinha caído e sido sepultada de repente, havia uma espécie de tecido protegendo sua pele. Era como estar rodeada por uma aconchegante peça de cetim. Não estivesse presa e confusa, tiraria um cochilo ou, até mesmo, um sono profundo e revigorante. Ela empurrou as madeiras para os lados e para cima. Nada. Estava enterrada sob os escombros do casebre. Estava presa! Enterrada viva! Lágrimas vieram aos seus olhos. Lágrimas de tristeza e de preocupação. Não devia ter deixado aquela trilha. Suspirou fundo e gritou por aquele que era sempre seu herói nos momentos de medo.

— Papai!

19

Bosco pisou na grama verde do bosque. Suspirou fundo. Caminhou rapidamente e decidido até o poço. Se fosse rápido, talvez não houvesse problema algum em sair da trilha do poço das lágrimas. Era só agir depressa. Jogar o balde, puxar a água, matar e sede e pimba! Tudo resolvido. Apanhou o balde. Nada. Vazio. Olhou para o fundo do poço. Estava escuro, mas ouvia o barulho de água pingando. Gotas sem fim desprendiam-se da parede e iam ao fundo. Ele viu algo como um espelho d'água dançando lá embaixo. A boca seca. Jogou o balde pela abertura. A corda estendeu-se e o cilindro de madeira girou acelerado, assustando o menino que recuou e caiu sentado na areia ao redor do poço. Foi nessa hora que Bosco viu a placa esculpida à mão em uma grossa chapa de madeira. Poço das lágrimas. O menino achou o nome do poço danado de esquisito.

Tinha ouvido aquela canção saindo da boca da mãe uma porção de vezes, mas nunca havia parado para pensar sobre o assunto, para perguntar a razão daquele nome. E deveria ser um poço importante, afinal de contas, era ele quem dava nome para àquela trilha de pedras. O caminho do poço das lágrimas. Achou simples demais. Levantou-se limpando a areia das mãos e debruçou-se sobre o muro. O balde flutuava. Começou a girar a manivela. No começo foi fácil, mas, a cada novo giro, o balde parecia pesar mais. Decididamente nada era fácil naquela jornada.

20

Jonas continuava descendo o morro. Sua cabeça afundava em mil pensamentos, demorando a aceitar todos os acontecimentos, fazendo questão de esquecer certos detalhes. Lutava com contradições particulares quando fez uma curva acentuada, precisando tomar todo o cuidado com as pedras soltas para não escorregar. Se rolasse pela beirada da trilha, a queda seria horrível. Poderia morrer ali mesmo, sem nunca mais encontrar a filha e o filho. Precisava achá-los para seguir o caminho e, sobretudo, estar com eles mais um pouco e falar-lhes do que era mesmo importante. Sentia-se culpado por perder tanto tempo na vida com o trabalho e negligenciar os filhos, poupando tempo com coisas que julgava tolas, como ver um álbum de figurinhas e anotar, no final, as que estavam faltando e perder uns quinze minutos preenchendo o pedido da mala direta para que a editora enviasse a Bosco as faltantes ou prestar atenção na peça de teatrinho de escola que Ingrid tentava escrever e virava e mexia pedia que ele a ajudasse. Tudo isso eram tolices que deixava Lorena cuidar porque ele não tinha tempo para tolices. Seu enorme tempo era para produzir mais, para que tivessem mais, para que pudessem mais, para que vivessem mais. Só agora Jonas se dava conta de como eram tolos os que pensavam assim, porque todos esses "mais" não passavam de uma armadilha, de uma miragem que se desvanecia ao menor sopro quando se estava naquela situação em que ele se encontrava, balançando na beira de um penhasco, vacilando e se equilibrando, com medo de cair. Olhou para baixo. Era bem alto mesmo. Morreria? Não sabia mais responder nada. E foi na curva seguinte que quase caiu de verdade pela ribanceira quando chocou-se com o inusitado. Acho cabível dizer que classificar esse encontro como inusitado é até um eufemismo. O que diria você quando contasse a um amigo que, ao fazer uma curva, encontrou-se com um caixão? Certamente encheria o causo de palavras como assombro, coisa-ruim, que tinha topado com a morte ou coisa assim. O fato é que, no caso de Jonas, ele via um grande esquife avançando pela estrada de cascalho. Negro e brilhante, de madeira envernizada e polida, luzindo mesmo com a baixa claridade que varava a camada de nuvens cinzentas. Uma funesta e perturbadora aparição que aumentava, e muito, a sensação de estar em uma terra assombrada, posto que ninguém conduzia o caixão. Isso eu tinha me esquecido de contar, o ataúde parecia flutuar sobre o cascalho, subindo automaticamente em direção ao cemitério. Aqui até me contradigo, afinal de contas, é até uma imagem natural, caixões são feitos para irem ao cemitério, guardando em seu bojo a casca seca de alguém que um dia sorrira por aí, derrubara suas lágrimas na ocasião de perder um grande amor ou até mesmo vertera algumas de alegria quando descobriu na cidade cinza algo de bom e inesperadamente terno, sem dar tento que quando as lágrimas descolavam de seu queixo pingariam num poço perdido em lugar nenhum. A casca seca que vinha ali certamente não guardava mais a energia radiante de quem a animara por anos a fio, fazendo contato com outras cascas que perambulavam por aí. Cascas que muitas vezes davam atenção demais à sua aparência ou ao que as outras cascas iriam pensar do seu modo de trajar ou falar sem que se preocupassem com o que de fato era importante. O importante não eram as cascas, mas sim a energia que emprestava por um tempo a todas elas o poder de se mover, o poder de se emocionar ou emocionar as outras cascas. O importante era compartilhar e fazer-se uma casca muito feliz e, na mediada do possível, esparramar essa felicidade entre todas as outras casquinhas por aí, dando bom-dia, sendo uma casca cortês, abraçando com vontade e sinceridade, sorrindo, dizendo para outras cascas como era bom passar aqueles segundos que passam tão rápido entre as cascas antes de se deitarem num caixão que flutuava desfiladeiros acima, indo jazer no fundo de uma cova fria e escura. Emaranhado em seus pensamentos, Jonas deu passagem ao esquife, com o olhar magnetizado por aquele espetáculo fúnebre. O homem, movido pela curiosidade, abaixou-se e olhou por debaixo da urna. Não. O caixão não flutuava. Algo quase tão incrível acontecia.

Formigas, gordas e negras, milhares delas, carregavam o caixão para seu último destino. Formiguinhas levavam o cadáver. O homem ficou ereto, sem conseguir despregar os olhos daquele momento. Ainda bem que não retomou o caminho, pois, ainda a coisa de poucos metros, ouviu batidas vindo de dentro do caixão e então gritos, gritos de menina!

— Papai! Papai!

— Ingrid?

Jonas correu até o esquife e puxou sua imensa e luxuosa tampa. A urna não abria e as formigas avançavam trilha acima.

Jonas sacudiu novamente a tampa. Não via presilha alguma nem parafusos.

— Ingrid!

— Papai! Estou sufocando! Estou presa!

— Eu vou te tirar! Calma, filha!

— Cuidado com ela!

Jonas virou-se para trás. Olhou para o topo do morro também. Ela? Não via ninguém.

— Uma criatura queimada me jogou aqui.

— Calma, filha! Calma!

Jonas apanhou uma grande pedra marrom e passou a desferir potentes golpes contra as bordas da tampa.

— Me tira daqui! Papai! Bosco!

— Espera!

Jonas ultrapassou o caixão e correu até uma das muitas árvores secas. Escalou uma parte do morro e pendurou-se num galho, fazendo com que rompesse. Apanhou o galho e enfiou sob a tampa, forçando-a sem sucesso. Precisava de mais força, de uma alavanca. Espremeu-se entre a lateral do caixão e o morro ao lado e, quando chegaram perto de uma pedra enfiada na terra, apoiou o galho e novamente enfiou sob a tampa. Dessa vez ouviu um rangido, torceu para que o galho não se quebrasse. Então a tampa levantou e o galho partiu. Jonas correu para alcançar a abertura antes que a tampa caísse novamente sobre Ingrid, tropeçando na rocha, mas agarrando a tempo. Com o desequilíbrio, o pai juntou-se a filha no interior do esquife. Desprevenidas, as formigas não suportaram o peso e o caixão deslizou perigosamente para o lado, desequilibrado, caindo pelo barranco, escorregando e trazendo cascalho atrás de si. Jonas e Ingrid gritavam apavorados. Pareciam dentro de um trenó que descia a monta-

nha sobre a neve, a bordo de um carrinho de montanha-russa. Bateram no tronco de uma árvore quando já estavam quase no pé da ribanceira e o caixão espedaçou-se, fazendo chover lascas de madeira para todos os lados, enchendo aquele lugar de barulho. Pai e filha sentaram-se lado a lado e se agarraram num longo abraço.

— Pai.

— Filha.

— Não me deixa mais sozinha, pai.

— Nunca, filha. Nunca.

Ingrid olhou ao redor.

— Cadê o Bosco, pai?

— Seu irmão ainda está no caminho.

— E nós? Estamos onde?

— Acho que isso aqui é um sonho, não sei dizer.

Ingrid olhou para a grande montanha.

— E agora?

Jonas deu de ombros.

— Alguma coisa me diz para seguirmos morro acima, nessa trilha de cascalhos.

— E vamos para onde?

Jonas apontou os portões do cemitério lá no alto.

— Através do cemitério, para onde as formigas te levavam.

— Formigas?

— Vamos andar. Te conto no caminho.

21

Humpf! Que pesado!

Bosco girou mais uma vez a manivela e viu o balde finalmente surgir na boca do poço. Mais um giro e ele estaria completamente para fora, pronto para servir-lhe água. Seus músculos ardiam e a boca seca queimava de sede de um jeito que nunca tinha queimado na vida. O persistente garoto venceu a manivela. Então sua mente rodopiou. O esforço extremo consumia suas forças sem deixá-lo pensar direito. Como pegaria o balde antes que tornasse a descer pelo poço? O menino espichou todo o seu braço. Não ia desistir. Tinha de beber água. O dedo indicador tocou a madeira fria do balde enquanto a outra mão começava a tremer absurdamente, não suportando o peso da manivela. Foi um ato desesperado. Soltou a manivela e arremessou-se, alcançando a alça enferrujada do balde de madeira. Queria tanto beber aquela água. Agora, a cura para seu desespero estava entre seus dedos. Dedos que não quiseram soltar o pesado receptáculo, mesmo quando este o puxou rapidamente por sobre o muro de pedras. Bosco não soltou o balde nem quando metade de seu corpo passou sobre a mureta. Quando o frio na espinha irradiou o alerta, já era tarde demais... Bosco despencava para dentro do poço das lágrimas.

22

Quando atravessaram os portões do cemitério, Jonas pingava de suor, enquanto Ingrid queixava-se da demora em chegar de volta à trilha e rever seu irmão. Aos olhos de Jonas, o cemitério estava diferente. O portão principal continuava decrépito e o cenário totalmente desolado e triste, mas agora havia um pouco de névoa dançando entre as lápides, o que deixava a paisagem mais sombria. Jonas olhou para o céu. Sabia o que estava transformando o cemitério.

— Está anoitecendo — murmurou.

Ingrid ainda observava o campo-santo, sem ter coragem de entrar.

— Elas iam me enterrar aqui?

Jonas aquiesceu.

— Ainda bem que você me encontrou a tempo, papai.

Cruzavam já metade do cemitério quando ele viu o primeiro vulto vagando entre a bruma. Apontou para a filha.

— Tem alguém ali, tá vendo?

— Não.

Jonas caminhou em direção à pessoa.

— Ele pode nos dizer como chegar ao caminho de novo.

Ingrid assustou-se. Não via ninguém. De quem o pai estava falando?

— Moço! Ei!

Jonas acelerou o passo. Por sorte viu mais gente chegando. Até que enfim pessoas para ajudar. O homem parecia não escutá-lo. Talvez estivesse participando de um cortejo. Mas ninguém se incomodaria em dar um minuto de atenção para dois viajantes perdidos.

— Moço! Sabe como eu posso sair daqui?

O homem chegou mais perto, saindo da bruma. Jonas estacou sem dar mais um passo em sua direção. Era o homem desconhecido que vinha ao seu encontro, seguido do cortejo. O coração do pai disparou. O homem... aquilo... tinha a pele esverdeada e ressequida. Trajava um terno esfarrapado e em seu rosto faltava um olho. Ele chegou bem perto de Jonas e trombou com seu ombro, parecendo não enxergá-lo ali.

— Meninaaaaa... — gemeu a voz do zumbi. — Peguem a meninaaaaaa...

Jonas, parvo, viu mais daqueles mortos-vivos saírem da neblina. Aquele pesadelo parecia não ter fim. Voltou correndo para o lado de Ingrid, que tinha se abaixado e apanhava uma flor amarela que brotava no meio do cascalho.

— Olha, papai. É uma margarida. A flor preferida da mamãe.

— Levante-se, Ingrid, temos de sair daqui.

— Por quê? Aqui é tão quieto... tão pacífico.

— Eles estão vindo pra cá.

Ingrid, em alerta, colocou-se de pé e olhou detidamente ao redor. O pai estava ficando pinel. Não havia nenhum "eles" ali por perto. Só a neblina.

Jonas já estava com o coração acelerado. Novamente o suor brotou em sua testa. O que fazer? À beira da trilha de cascalho, mais daquelas sombras no meio da neblina iam surgindo. Os mortos levantavam de suas moradas!

— Corre, Ingrid! Não podemos ficar!

A menina sentiu o sangue gelar. O pai falava sério. Enérgico.

— Corre, menina. Acha que estamos num parque de diversões? Não quero que seja pega!

— Eu não serei pega, pai! Não tem ninguém querendo me pegar!

Jonas viu um rapazinho em decomposição, com o rosto esquelético e o boné jogado de lado sobre a cabeça tentando alcançar os cabelos de sua filha.

— Você nunca dá paz pra gente, pai. Nunca acha que a gente vai se virar.

— Eu só não quero que esse moleque ponha as mãos em você, Ingrid! Vem logo pra cá! — gritou Jonas, avançando pelo caminho de cascalho, segurando o braço da menina com firmeza.

— Mas deixa eu ficar aqui só mais um pouquinho, pai! Estou cansada dessa viagem!

— Eu não vou parar aqui! Se não consegue enxergar o perigo em volta, não é problema meu! É meu dever, como seu pai, te proteger! Não vou parar! Não vamos ficar aqui nem mais um minuto.

Ingrid começou a soluçar, sendo arrastada pelo pai. Ela chorava. Sua cabeça bombardeada por imagens. Ela se virando na frente de um restaurante na beira da estrada. O sol se pondo. Ela viu a água do mar refletindo como se um milhão de diamantes ali flutuassem.

Jonas viu as lágrimas descendo dos olhos da filha. Ela chorava.

— A culpa é sua, pai. Você bem que podia ter parado um pouco.

Pai e filha chegaram aos fundos do cemitério. Jonas sorriu quando viu os portões de saída. A estrada de cascalho ia diretamente para eles. Puxou Ingrid com mais força, mesmo ela querendo ficar para trás. O homem soltou a filha um instante e foi então que sua efêmera alegria dissolveu-se. Grossas correntes selavam os portões. Os muros eram altos demais para pular e os zumbis, bem, os zumbis vinham por todos os lados. Jonas abraçou a filha quando a parede de mortos-vivos começou a se fechar sobre eles.

— Desculpa o papai, filha. Eu queria tanto poder ficar com você. Eu queria tanto poder voltar.

Ingrid retribuiu o abraço do pai. Com a cabeça no peito de Jonas, a menina sentiu os cabelos da nuca arrepiarem-se. Seu pai estava com a pele fria demais e seu coração não fazia barulho algum.

— Papai... — murmurou a menina.

— Quieta, filha. Os mortos estão aqui.

23

Bosco tinha conseguido agarrar-se à corda assim que começou a cair. Quando ela espichou, o cilindro de madeira chacoalhou e agüentou o tranco. Foi o menino que não conseguiu se segurar por muito tempo, contudo, livrou-se do banho certeiro, caindo sentado numa rocha antes do espelho d'água. Bosco arfava. Apesar do susto imenso, a necessidade da água gritava mais alto. A voz do velhinho martelava sua cabeça: *Vocês não devem deixar o caminho!*, enquanto se debruçava sobre a rocha para aproximar-se da água. Bosco abaixou-se o quanto pôde e desceu sua mão ao fundo do poço, enchendo-a com água. Sorveu com gosto aquela primeira concha de líquido cristalino e levemente salgado. Sentiu um alívio brutal. Era como se a própria vida, em carne e osso, voltasse a habitar seu corpo depois de uma marcante ausência. Segurou-se com firmeza e baixou a cabeça, precisava de mais vida, precisava de mais água e, para tanto, teria de embebedar-se, colocando a boca no fundo do poço. Bebeu até se fartar. Sentou-se na base de pedra e recostou-se junto à parede do poço. Olhou para cima. O círculo branco prateado a mais ou menos oito metros de altura era a saída, a boca do poço. Ficou alguns segundos simplesmente observando as paredes negras do fundo escuro. Estavam cheias de limo, lisas portanto. Seria osso escalar tudo na unha. Com a sede resolvida, teria de dar cabo daquele imbróglio. Como subir? Seu pai demoraria muito? Ficaria preso para sempre ali? Não queria ficar preso no fundo do poço. Não queria. Começava a ser assaltado pelo medo quando sentiu a língua formigar e uma estranha sensação começou a brotar em seu interior, fazendo o corpo inteiro estremecer. Uma tristeza bruta e nunca antes

experimentada pelo jovenzinho esparramou-se por suas veias, artérias, olhos e pensamento. Sem saber por que e de onde vinha aquele aperto no peito, Bosco colocou ambas as mãos sobre os olhos e começou a chorar. No começo um choro comum, sentido, passando a um pranto forte, desesperado. Chorava convulsivamente porque o gatinho havia morrido atropelado. Chorava porque tinha saudades. Também chorava quando se lembrava dos irmãos que tinham desaparecido quando fugiam da guerra. Chorava de alegria por ter chegado em primeiro lugar em Monte Carlo na F-1. Chorava com o pé cortado. Chorava de medo de abrir o envelope do exame do marido internado, os médicos disseram que podia ser um tumor no cérebro. Chorava porque não queria o pirulito verde, queria o amarelo. Chorava de ódio por não poder comprar uma bolsa igual a da vizinha. Chorava sobre os caixões dos dois filhos que desciam para a cova. Chorava porque estava com fome e não tinha nada para dar de comer para a mãe doente. Chorava porque tinha medo do escuro. Chorava porque a garotinha estava brava com o papai que tinha aprontado uma daquelas. Chorava porque tinha de chorar. Bosco sentia toda a tristeza do mundo inundando seu corpo, carregada pela corrente de vasos para cada célula em seu corpo. Chorava por tristezas que não eram suas. Chorava por conta de lágrimas derramadas nos quatro cantos da Terra.

24

Jonas abraçou a filha com força. Podia sentir as mãos das bizarras criaturas ao seu redor. Fechou os olhos e, mesmo com eles bem apertados, pode notar toda aquela claridade. Algo repentino. Um calor reconfortante. Quando separou as pálpebras, ele estava ali, emanando luz para todos os lados, fazendo com que os zumbis caíssem de joelhos tapando os olhos.

— Um anjo! — balbuciou o homem chamando também a atenção da filha.

À frente dos dois a criatura alada de rosto espichado pairava, farfalhando as asas oblongas.

— Não é um anjo, papai. É uma fada.

A criatura abriu seus braços longos e abraçou pai e filha. A despeito de sua aparência frágil, decolou com velocidade, segurando ambos com firmeza. Ingrid ainda deu um gritinho pueril, misturando surpresa e medo, e afundou mais uma vez a cabeça, desta feita no peito da fada-anjo.

Jonas viu que ele subiu demais, escapando da neblina e, então, ela embicou para baixo e começou a descer em velocidade vertiginosa. A neblina velou sua visão e o homem divisou o rumo que o anjo tomava. Aquela criatura com asas que pareciam folhas secas estava guiando-os para uma cova. O anjo entrou no buraco escuro e, assustado, Jonas encolheu-se, esperando o impacto. Mais um segundo e tornou a abrir os olhos. A cova não tinha fundo! O anjo descia em alta velocidade sem que nunca se chocassem contra o chão. Jonas olhou para baixo, a escuridão era infinita, pareciam estar voando rumo ao miolo do planeta. Ele continuou observando o caminho quando notou um tímido brilho a uma distância impossível de avaliar. Concentrou-se naquele ponto abaixo, que ia se aproximando e aumentando de tamanho e de brilho, tinha luz vindo dele, luz filtrada por algum tipo de vidro. Seria o chão? Talvez... mas a luz esparramava-se ao sair dali, como se não fosse sólido, como se fosse...

SPLASSSSH!

Pai e filha tomaram baita susto quando atravessaram a água! Ficaram submersos por coisa de segundos, encontrando ar frio novamente. Sentiram um tranco quando a fada-anjo estendeu o braço e apanhou com a mão mais uma pessoa. Chacoalharam e novo estardalhaço ao baterem contra telhas que voaram para o céu, esparramando-se em todas as direções. Não estavam mais descendo... agora subiam. Como era possível?

O anjo-fada parou aquela fuga louca do cemitério assombrado e desceu vagarosamente ao lado de um poço.

— Pai! Olha! — gritou a menina.

Jonas emocionou-se ao ver a fada-anjo afastando-se e colocando aquela pessoinha enrodilhada em si mesma no chão.

— Bosco.

O menino olhou vagarosamente para o lado. Chorava copiosamente. O pai e a irmã abaixaram-se ao seu lado.

— Bosco, Bosco, o que foi filho?

O menino mal conseguia manter a cabeça em pé. Chorava sentido. Quando começou a falar, seu discurso era entrecortado por soluços e momentos de choro comprido.

— O cachorrinho da menina... ele... ele... foi ajudá-la... mas o outro era maior, muito maior... acho que um pitbull... e o pitbull estraçalhou ele.

— Do que você está falando, filho?

— A mamãe... a mamãe também está triste... ela tá chorando muito. A gente tem que andar rápido senão ela vai morrer de tanto chorar. Eu quero voltar, papai.

Jonas virou-se para trás. A fada-anjo não estava mais lá. Levantou-se indignado. Queria agradecê-la por tê-los salvo. Jonas caminhou em direção ao poço das lágrimas, foi rodeando o muro de pedras até que encontrou com o sujeito. O velho que tinham visto no começo do caminho. Ele vinha pitando o cachimbo do mesmo jeito.

— Hum... falei para não saírem da trilha, não falei?

— O que tá acontecendo aqui? Esse lugar não é um lugar comum!

— Você tá aqui porque quer, senhor. Ninguém como o senhor fica aqui por muito tempo sem que queira ficar.

Enquanto isso, Ingrid tentava acalmar Bosco.

— Bosco, pára de chorar.

— Não consigo, Gui.

Ele continuava soluçando e derrubando lágrima após lágrima.

Ingrid mordiscou o lábio. Olhou para trás e depois para o irmão, lembrando-se do pai falando com os mortos.

— Então você já descobriu também?

— Descobri o que, Gui?

— Por que a mamãe tá chorando.

Bosco ficou em silêncio e sentou-se.

— Você já sabe do papai?

— O que tem o papai?

A menina olhou para o pai que conversava e gesticulava irritado com o homem do cachimbo.

— Vem mais pra cá para ele não ouvir a gente.

Ingrid e o irmão se afastaram um pouco.

— Eu acho, Bosco... — começou a irmã, falando baixinho e toda cheia de cuidados. — Eu acho que o papai morreu. Ele tá frio! E ele vê e fala com assombração!

Bosco voltou a chorar, sentido, tornando a sentar-se no chão.

— Ai! Droga! Eu e minha boca grande — reclamou a menina, passando as mãos no rosto e olhando para o céu.

25

Você sabe que não pode deixar que eles saiam do caminho. O tempo está passando rápido demais, Jonas — disse o velho.

— Por que Bosco não pára de chorar?

O velho apontou para o poço com a biqueira do cachimbo.

— Ele bebeu dessa água.

— Que tem?

— Oras bolas! Esse é o poço das lágrimas. Pra bom entendedor, meia palavra basta, homem.

— Poço das lágrimas?

— Toda vez que alguém derruba uma lágrima, de tristeza ou de alegria, ela vem cair aqui. As lágrimas que você deixa escapar quando alguém querido morre, quando corta o dedo, quando perde a bola... vêm pra cá. E quem bebe...

— Sente a tristeza de quem chorou ou a alegria de quem sorriu.

— As pessoas mais choram de tristeza que de alegria, seu Jonas, pode acreditar nesse velho.

Jonas olhou para os filhos abraçados.

— Eu acho que eles não sabem ainda o que aconteceu contigo, seu Jonas. Tem de andar mais rápido, antes que eles descubram e queiram ficar com o senhor ou, o pior, convençam o senhor a ficar aqui, no meio-termo.

— É verdade.

— Continuem no caminho de pedras. Se não pararem de andar, vão chegar ao amanhecer.

— Mas eles vão ter fome e sono. O que eu faço?

— Vai mesmo me escutar desta vez? Que se for para falar por falar, eu não falo. Quem fala demais dá bom dia a cavalo.

Jonas suspirou.

— Depois do campo das vagens, muito depois, vão encontrar três casas. É o senhor que vai escolher em qual casa cada um vai descansar. Mas cuidado para não dormir para sempre, seu Jonas. Aquele pedaço do caminho não é o que parece. Tome muito cuidado quando for escolher o que fazer. Já ouvi histórias de gente que topou com coisas horríveis naquelas bandas, contudo existem coisas feias que guardam belezas e belezas que escondem coisas feias.

— Mas a gente vai ter de se separar? Não podemos dormir todos juntos?

— Pode ir parando! O senhor disse que ia me escutar desta vez. Quer mesmo colocar tudo a perder?

— Não. Não é isso. É que eu... eu quero ficar com eles o máximo que for possível.

— Você já está fazendo isso, seu Jonas.

O velho caminhou até as crianças.

— Pé na estrada, criançada.

Ingrid e Bosco obedeceram.

— Ou melhor dizendo, pé no caminho!

Só Ingrid sorriu.

— Anime-se, Bosco. Essa tristeza em seu peito vai passar. Nada que fazer um bom xixi não resolva.

Bosco começou a choramingar novamente.

— É tão triste tudo isso, seu moço.

— Calma, rapaz. O caminho está no final.

— Como é o seu nome, senhor?

O velho soergueu a sobrancelha e ficou olhando para Ingrid.

— Meu nome não interessa.

— Credo! Não quer dizer, não diz, não precisa ser grosso.

— É que todo mundo faz troça do meu nome. Então não digo.

— Grosso — replicou, Ingrid, cruzando os braços enfezada. — Da gente o senhor sabe tudo, de você não sabemos nada.

— É melhor assim, do contrário não ficariam aqui de papo comigo.

— Até parece que um velho bonzinho assim tem coisa pra esconder da gente.

O homem tirou o cachimbo da boca e sorriu para a menina. Gostava dela.

— Caranguejeira.

— O quê?

— Meu nome, menina. É Caranguejeira.

Bosco sorriu.

— É nome de aranha.

— Ai, olha o seu irmão, vai começar a fazer graça com o meu nome.

— Eu achei simpático e dá até pra te chamar de Cara, pra ficar mais curto.

— Cara?

— É. Você é o Cara! Ah! Ah! Ah!

— Eu sou o Cara — repetiu o velho. — Isso não é fazer graça com o meu nome, não?

— Não. Na minha terra isso é um elogio.

O velho pitou o cachimbo mais uma vez e soltou uma longa baforada.

— Gostei. Eu sou o Cara.

Ingrid e Bosco sorriram.

O homem estendeu a mão a cada um deles e despediu-se com um sorriso no rosto.

— Até mais, crianças.

Bosco começou a chorar de novo.

— O que foi?

— Eu odeio despedidas, Cara.

O velho afagou a cabeça do menino.

— Essa é fácil, garotinho. Difícil vai ser a próxima — alertou, dando uma piscadinha.

— Vem, Bosco! — chamou a irmã, indo para perto do pai.

26

Depois de muito andar, o trio chegou a um bonito portal verdejante que subia das beiras do caminho sobre colunas que lembravam antigas construções gregas. Passado o portal, o chão de pedras estendia-se para todos os lados, formando um piso largo a perder de vista. Foi outra visão peculiar para o trio. Seus olhos encontraram estacas fincadas ao chão de pedras que formavam duas dúzias de fileiras, dando um ar de vinhedo àquelas paragens. Contudo, não eram vinhas nem cachos de uvas que vicejavam dos talos que cresciam pelos corredores, eram estranhas leguminosas, que ora pareciam brotar do chão, ora do alto dos corredores, formando um emaranhado de cipós grossos e finos, suscitando infindáveis teias de aranha.

Ficaram parados um longo momento, olhando para o chão. Tentando entender onde poderiam pisar sem que saíssem do trilho.

— Acho que dentro desse jardim podemos andar à vontade — disse Jonas.

— As pedras vão para todos os lados, é um chão inteirinho dessas pedras.

— Eu sei.

— Então não fique aí parada. Vem! — disse o pai, estendendo a mão.

— Ai... é que estou cansada dessa caminhada. Posso sentar e descansar um pouquinho, papai?

Jonas afagou a cabeça da filha.

— Pode. Todos nós precisamos descansar.

27

Ingrid parou no meio de uma das longas fileiras daquelas vagens enormes. Escolheu um lugar onde os cipós formavam uma rede. Deitou-se ali, relaxada como se estivesse na varanda de uma casa de campo, e ficou observando aqueles estranhos vegetais. Pareciam vagens como as de ervilha, exceto pelo fato de serem imensas. Deixando os olhos vagarem aqui e ali, a menina ainda notou que elas tinham colorações bem distintas entre si. Enquanto a grande maioria era de um verdinho agradável, um ou outro fruto destacava-se por ser ou amarelo ou avermelhado. Parou de dar atenção para isso e fechou os olhos, virando-se de lado, tentando cochilar.

Bosco sentou-se ao lado do pai. O sol ia baixando e a temperatura também reduzia, ficando mais agradável.

Vendo o filho esfregar os braços, o pai não se conteve.

— Tá com frio, filhote?

— Muito, pai. Muito frio.

— Vem cá. Senta no meu colo. Eu te esquento um pouquinho.

Bosco lembrou-se do que a irmã havia dito. Seria possível? O pai estaria mesmo morto? Não tinha como. Estava ali, estendendo os braços na sua frente.

O menino caminhou até o pai e sentou-se nas pernas do homem. Jonas abraçou o filho e começou a embalá-lo suavemente.

— Ih, pai. Pára com isso. Já passei da idade de dormir no colinho do papai, com musiquinha de ninar ainda por cima.

— Quem disse que passou?

— Meus amigos na escola... nenhum deles gosta disso, de abraçar o pai ou de dormir com a mamãe. Coisa de frutinha!

— Ah! Pára com isso, menino!

Os dois riram.

— Fica quieto que você se esquenta.

E assim fizeram. Silenciaram. Quando Jonas estava quase dormindo, escutou passos. Abriu os olhos e vasculhou com a visão através dos cipós. Para sua estranheza, Ingrid ainda estava deitada. De quem seriam aqueles passos? Como não viu ninguém, recostou a cabeça na grande vagem novamente. Não passou um minuto, Jonas levantou a cabeça outra vez. Além dos passos, um motor roncava, como de uma motosserra. Quando virou para Bosco, o filho também olhava para ele.

— Você também ouviu, pai?

Jonas aquiesceu e levantou-se. Andou de uma fileira para outra entre as vagens. Nada de passos. Quando voltou até onde haviam se deitado, uma surpresa. A vagem que usava como travesseiro, em vez de marrom, estava ficando vermelha.

28

Ingrid, incomodada, abriu os olhos. Algum tipo de aflição batucava em seu peito. Levantou-se tirando as finas ramas da vagem de cima de sua testa. Era como se a preocupação que a aborrecia tivesse vindo da planta para sua cabeça. Via aqueles fiozinhos verdes e frágeis. Caminhou um pouco até parar diante de uma delas. Uma vermelha tal qual um pimentão. Era de lá que vinha o barulho que escutava. Uma pessoa caminhando, mulher pelo ritmo e som do repicar de saltos altos, eventualmente cortados por pisadas em poças d'água. Ingrid franziu a testa. Como podia ser? Aproximou-se ainda mais da vagem. Notou que aquela coisa rubra e enorme tinha uma casca bem fina e estava coberta por uma leve camada de poeira. Passou a mão sobre a poeira, limpando a casca do vegetal. O susto foi tão grande que caiu sentada. Levantou-se vagarosamente, com os olhos pregados na vagem. Aquilo não podia estar acontecendo. Ao limpar a película que protegia a vagem, Ingrid tinha visto a casca totalmente translúcida por baixo da sujeira e agora estava certa de que o som dos passos realmente vinha dali de dentro. Ficou paralisada com aquele espetáculo. Ela via, dentro da vagem, uma cadeia de acontecimentos, bem ali, diante de seus olhos, tal qual uma cigana vislumbrando o futuro através de uma bola de cristal, como alguém que assiste ao que se passa na rua através de uma câmera de vigilância, como um anjo da guarda que observa a vida dos protegidos. Ingrid via uma mulher caminhando numa rua estreita, altas horas da noite, enquanto uma garoa densa caía do céu. Era como estar no alto de um prédio, bem na beira do telhado, observando aquela criatura logo ali. A menina desviou os olhos da mulher e olhou

para a vagem verde a que se recostara para dormir. Foi até o vegetal e também o limpou. Sorriu. Um bebê dormindo tranquilamente no berço. Uma luz se acendeu naquele quarto aconchegante. Uma mulher chegou, apanhou a criança e sentou-se em uma poltrona. O bebê ia mamar. Ingrid tornou a olhar para a vagem vermelha, que agora parecia mais vermelha ainda. Correu até ela. Por que aquela cor? Por que a diferença entre o verde e o vermelho? Perscrutou toda a paisagem que seus olhos alcançavam através daquela inusitada janela. Foi então que viu, numa esquina, meio escondido pela escuridão, meio agachado, um homem. A mulher ia em sua direção. Ingrid engoliu em seco. Tinha coisa ali. Putz grila! O cara estava segurando uma faca! Era isso! Tinha uma touca na cabeça e uma faca na mão! Ele ia roubar a mulher! Se ela se assustasse e reagisse, ele poderia até matá-la! Céus! Ingrid começou a gritar.

— Pára! Ele quer te pegar! Pára, moça!

Para surpresa da garota, ela não era meramente uma telespectadora de um terrível filme de suspense. A mulher, por alguma razão, parou.

— Isso! Escute-me, moça! Volta! Desvia o caminho, qualquer coisa, só não continua reto, pelo amor de Deus!

A mulher, lá dentro da vagem, baixou as mãos e estalou os dedos apreensiva. Parecia tentar enxergar na escuridão, olhando para a próxima esquina sem ver o perigo.

Na esquina, o homem com touca de lã e uma faca na mão respirava extasiado com aquele momento, seu peito subia e descia rapidamente. Ele pareceu vacilante. Podia correr que alcançaria a mulher. Considerava a possibilidade de se adiantar à sua presa.

— Não faz isso, moço! Não faz isso — sussurrou a voz preocupada de Ingrid. — Eu não sei por que quer pegá-la, se é sua namorada, se é uma inimiga, mas é só uma mulher indefesa... não faz isso... eu estou com tanto medo!

Ingrid tremia dos pés a cabeça, mas não se afastaria dali por nada no mundo. Quando ouviu os passos do pai atrás dela, fez um sinal com a mão para que se aproximasse.

29

Bosco tinha parado em frente à vagem de cor vermelha onde estivera deitado com o pai. Escutava risadas vindo dali. Intrigado, parou e limpou o pó de cima da casca lisa. Seus olhos se encheram de luz e um sorriso enfeitou seu rosto de criança. Dava pra ver dentro dela!

— Pai! — gritou o garoto.

O menino via um cenário inédito. Crianças brincando, patinando sobre um lago congelado. Estavam felizes. Bosco não entendia a língua que falavam, mas sabia que estavam infestadas de alegria. Riam, giravam, divertiam-se. O som agudo de uma motosserra chegou aos ouvidos de Bosco. Ele olhou para um morro branquinho, coberto de neve, ao lado do lago. Um homem cortava o caule de um pinheiro, provavelmente para enfeitar sua sala com uma árvore de natal. Acontece que o pinheiro estava bem na beira do morro, onde a terra emendava com rocha e descia em ângulo negativo, formando um verdadeiro penhasco naquela parte, terminando ao pé no lago de gelo. Quando ele finalmente decepou a árvore, em vez de ela cair para o lado da estradinha, tombou para o lado do penhasco. A corda que evitaria que a árvore rolasse fez seu serviço. Bosco ficou preocupado. Se a árvore escapasse, iria cair em cima do lago, quebrando o gelo e provavelmente colocando a vida de todas aquelas crianças em risco. Era isso! Por isso a vagem estava vermelha! As crianças corriam mesmo perigo! Vermelho, naquelas vagens, significava perigo! Olhou ao redor. Tinham aquelas vagens amarelas, mas, mais à frente, viu mais uma das rubras. Tinha certeza de que encontraria alguém numa enrascada daquelas dentro da vagem. Bosco voltou os olhos para o homem que entrava num caminhãozinho. Ele ligou, o caminhão roncou e soltou um monte de fumaça preta. Quando começou a avançar, arrastando o pinheiro, Bosco sentiu um arrepio pelo corpo ao perceber que suas desconfianças se confirmavam morbidamente. A corda tinha um nó e esse nó estava se desfazendo por culpa da tração enorme exercida pelo veículo, arrastando o pesado pinheiro. Se a corda rompesse, já era!

— Corram! Saiam do gelo!

As risadinhas continuavam e as crianças mantinham o delicioso patinar sobre o gelo sem se aperceberem do perigo.

Os olhos aflitos do menino correram para a corda. O nó se soltava, a corda esfiapava, logo o pinheiro despencaria das alturas, cravando no meio do gelo, trincando a placa fria, derrubando as crianças dentro da água glacial.

— Pai! Me ajuda! — berrou o garoto.

* * * * *

Jonas estava atarantado. Tanto Ingrid quando Bosco precisavam dele. Chamavam-no. Estavam enleados com as vagens. Tinha olhado sobre os ombros da filha. Uma mulher aflita no meio da garoa. Virou-se para Bosco. O menino tinha novamente lágrimas nos olhos.

— Vem, pai! Eles vão morrer!

Jonas olhou para Ingrid, que estava absorta pela contemplação ao interior da vagem. Ela só moveu a mão rapidamente, como quem diz: vai! vai! Eu dou conta aqui!

A menina gritou novamente:

— Moça! Volta! Sai daí!

30

Num lugar distante. Muito, muito longe donde um caminho de pedras conduzia a um poço de lágrimas, onde fadas e anjos surgiam diante dos olhos dos viajantes ou formigas falantes carregavam ataúdes, Helena caminhava com um envelope sobre a cabeça. Ela tinha ficado até mais tarde no escritório. Detestava ter de fazê-lo porque, quando anoitecia, as ruas do centro pareciam perigosas. Ainda mais com a aquela garoa persistente cobrindo a cidade, enchendo o chão de poças d'água que molhavam seus pés e escureciam as calçadas. Olhou para a frente. Assustou-se ao julgar ver o vulto de um homem. Suspirou aliviada ao perceber que era só um cartaz de pessoa desaparecida. Aquele rosto estava em todos os jornais, todos os postes da cidade fazia meses. Era o rosto do rapaz seqüestrado, esquecido pela polícia e pelo Estado, mas jamais abandonado pelo irmão que aparecia nos telejornais, entrevistado em programas de TV, incansável em sua busca pelo irmão que jurava ainda estar vivo. Muita gente achava que o jovem havia se afogado numa praia, depois de uma acidente num balneário turístico, outras, tocadas pela incansável jornada do irmão mais velho, também acreditavam que ele estava vivo. Helena balançou a cabeça. Não estava em casa agora, assistindo sua tevezinha em segurança. Tinha de continuar em frente, seguir o caminho até estar a salvo, porque ainda estava sozinha no meio da rua, atravessando a mesma rua onde dona Lourdes disse ter tido a bolsa roubada na semana passada. Decididamente não estava num lugar onde mulheres deveriam caminhar desacompanhadas. Burrice, burrice das maiores. Helena sentia o gosto amargo do arrependimento descendo pela garganta. O perigo rondava.

Podia senti-lo ali, à sua frente. Perigo. Sentia como se alguém soprasse em sua nuca. Não vai! Não segue! Muda o caminho!

Helena parou e esfregou as mãos. Tentou enxergar mais pra frente. Apesar de nada ver, a agonia só aumentava. Um pressentimento que começou sutil, mas que agora berrava em seus ouvidos. Não vai! Alguém dizia, tinha certeza. Aquela voz era real. Helena apertou os olhos e suspirou fundo. Às vezes era bom obedecer a essas vozes intrusas dentro de nossa cabeça, essas vozes que alguns chamavam de sexto sentido, de pressentimento e alguns chamavam de anjo da guarda. Helena virou e mudou de direção. Não seguiria por aquela rua escura. Não taparia o ouvido àquela voz em seus pensamentos. Sem se ter muita certeza ou se dar conta do que fazia, a mulher havia se salvado naquela noite.

31

Jin-Jin olhou para os amigos. Perguntou se tinham escutado alguma coisa. Dois riram e outros três nem responderam. A maioria tinha a mesma idade, coisa de nove anos. Com traços orientais, olhos amendoados, cabelos negros e grossos, cheios de blusas e abrigos, deslizavam com perícia e velocidade sobre a capa de gelo do lago Haikai. Nenhum deles via os montinhos de neve caindo do alto da pedra escarpada logo acima. A neve ia se acumulando numa das beiras do lago, dando uma pista importante sobre a desgraça prestes a suceder.

Não obstante, Jin-Jin havia parado de patinar e continuava aflito. Era coisa de sua mente? Estava pirando? Não podia ser. Podia ouvir claramente, como se fosse ele próprio, pedindo para sair do gelo. Algo ruim estava para acontecer. Algo muito ruim. Jin-Jin viu um flash em sua cabeça. Enfeites de árvore de natal flutuando na água fria do lago e ele e seus amigos, mais no fundo do lago gelado, sorrindo para os presentes. Sentiu os pés tremerem, como se o gelo embaixo dos patins estivesse estralando. Alguma coisa gritando em sua mente suplicava para que saíssem dali. Jin-Jin começou a chorar aflito, sem saber o que fazer, pensando que estava doido por ser invadido e impregnado por aquela aterradora sensação.

Enquanto isso, morro acima, o motorista da pick-up, contente por estar prestes a fazer uma grande surpresa para sua família, sem se dar conta que na verdade estava a um instante de se tornar um assassino, um infanticida involuntário, acelerava o veículo fazendo a corda esfiapar ainda mais. Foi quando pisou fundo e os pneus dianteiros alcançaram o cascalho da estrada que o macabro aconteceu. A corda rompeu, deixando livre toneladas de madeira que compunham o pinheiro escolhido para celebrar o nascimento do filho de Deus. O pinheiro descia livre, arrastando-se pela neve, a caminho da beira do penhasco, a caminho do lago gelado onde crianças patinavam.

Amigos cercaram Jin-Jin. O menino começou a gritar, dizendo que tinham de sair dali. O gelo está quebrando! Bombardeados por tamanho desespero nenhum deles ficou sobre o gelo. Todos correram para as bordas do lago. O mais velho deles arrastou Jin-Jin. Nada de gelo estralando. Nada de perigo. Nada de nada. Uma perda de tempo e um susto desnecessário.

— Você é um idiota, Jin-Jin! Fica assustando a gente.

Com lágrimas nos olhos, o menino olhou para os amigos.

— Eu senti um negócio estranho. Um aviso! Achei que todo mundo ia morrer. Só quis ajudar a vocês!

— Achou?! Negócio estranho?! Bem agora que eu tava ganhando. Você é um idio...

O mais velho não completou a frase, parou de falar abobado, olhando para o rosto de todas as crianças. Algumas apontavam para cima. O menino virou-se e, sobre os ombros, viu crescer uma sombra escura. Um pinheiro enorme caiu de cima do desfiladeiro. Ele bateu com força sobre a grossa capa de gelo que vergou e soltou um urro medonho seguido de estalos arrepiantes. Gelo quebrando. Pedaços enormes voaram para cima e quando refluíram para o lago lançaram uma onda com dois metros de altura. As crianças ficaram ensopadas dos pés a cabeça.

— Por que você não previu isso também, Jin-Jin? A gente podia esperar mais para cima sem se molhar.

Os garotos se olharam em silêncio por um longo instante enquanto a árvore ressurgia à tona e, então, um a um, começaram a gargalhar.

32

Ufa! Pai, essa foi por pouco! — exclamou Bosco, aliviado.

— Foi mesmo. Você conseguiu.

Diante dos olhos da dupla maravilhada a vagem foi lentamente mudando de cor, deixando a tonalidade vermelha, ficando amarronzada, amarela e depois, gradativamente, voltando ao verde saudável.

O menino olhou para o lado. Lá no fim do corredor de vagens havia outra vermelha.

— Olha, lá, pai. Mais alguém precisando de ajuda.

— Fique aqui. Eu cuido dessa.

Jonas alcançou a vagem rubra e limpou sua casca com a manga da camisa. A casca ficou translúcida e pôde então visualizar o interior, viajando para aquele outro espaço, aquele outro tempo onde alguém sofria, onde alguém galgava em direção à passagem do manto para viver sua aventura, talvez temendo a certeira chegada da dama inevitável, talvez desejando cruzar as bordas da última manhã. Seu coração ficou frio e seus olhos marejaram. Ele conhecia muito bem aquele cenário exibido dentro da vagem. Conhecia aquelas coisas. Era seu quarto, em sua casa, existindo em algum outro lugar que não conseguia tocar mais. Estavam lá suas coisas. Viu seu notebook sobre o criado-mudo. A roupa bagunçada que havia deixado para trás quando fez as malas. Um copo com água pela metade. Metade cheio. Metade vazio. O rádio-relógio piscando por conta de alguma falta de energia repentina. E, à beira da cama, revelada pela luz fraca que vinha do banheiro, estava ela, sua esposa. Jonas olhou para trás.

Bosco e Ingrid vinham ao seu encontro, curiosos com a nova assistência. Aflito, o pai apontou para outra vagem que começava a avermelhar. Os filhos pararam e entenderam, desviando o caminho.

Jonas olhou para Lorena. Ela estava de roupão e com os cabelos molhados. Nas mãos, segurava vidros de comprimidos. Começou a girar a tampa do primeiro frasco e a vagem por onde era observada ficou mais rubra. Jonas desesperou-se, passando as mãos nos cabelos. Estreitou o rosto contra o vegetal e abraçou ternamente a vagem, começando a chorar. Assim ficou, por dois minutos, sem dizer palavra alguma. Olhou novamente para a esposa. Ela estava deitada na cama. Os vidros foram colocados sobre o criado-mudo ao seu lado. Estavam cheios. Ela chorava encolhida. Jonas acariciou a vagem e acariciou o vegetal como se estivesse tocando os cabelos da esposa.

— Desculpa, Lorena. Perdoa-me. Não fica triste assim... tudo vai dar certo.

Aos poucos a vagem foi voltando a sua coloração normal.

Jonas secou as lágrimas dos olhos e foi ao encontro dos filhos que corriam pelas alamedas de vagens verdes e riam alto.

— Pai! Pai! Era um gatinho! — gritou Bosco.

— É. A gente conseguiu chamar a atenção da dona dele. Ele tava brincando com um fio de secador de cabelo.

— O fio tava desencapado. Ia dar um choque da hora nele.

— Quando ela viu, correu e abraçou o gatinho, tirando ele de perto do secador.

— A vagem já tá verdinha.

— E a sua, papai? — perguntou Ingrid.

— Já tá verde também, filhota. Já tá tudo bem.

— Legal. Não tem mais nenhuma vermelha. Vamos esperar para ajudar mais alguém.

— Boa idéia, Bosco! — vibrou a irmã. — Até parece que a gente é anjo da guarda desse povo todo. Eu poderia ficar para sempre aqui, papai. Ajudando todo mundo.

— Não — respondeu o pai. — Já está anoitecendo. Temos de seguir o caminho. Precisamos chegar logo. Precisamos voltar.

— É mesmo! Nosso carro! Tava até esquecendo! — exclamou o menino.

33

Andaram por mais algumas horas. As crianças tinham parado de reclamar e guardavam bravamente uma resignação mal disfarçada, velada no estômago, sem que fizessem mais perguntas ao pai, sem pedir descanso. Percebiam que ele havia sido tomado por uma tristeza grande desde que deixaram o campo das vagens. A travessia daquele inexplicável e fantástico caminho de pedras, que colocara cada um daqueles membros do trio diante de imagens e situações sombrias, com a chegada da noite acentuara ainda mais a crescente sensação de que não rumavam simplesmente ao encontro de um carro quebrado. Bosco e Ingrid já tinham percebido que, de alguma forma, haviam perdido o pai. O pai de coração parado, de pele fria. Tudo ficou escuro às margens do caminho, as árvores, as pedras, os arbustos, os pássaros e tudo o que existia fora do trilho tinha se misturado numa coisa só, formando dois muros negros, onde os olhos não conseguiam penetrar, fazendo com que a vontade de seguir em frente, cada vez mais rápido, só aumentasse. Não tinham tempo para olhar para trás. Não tinham tempo para sentar e conversar um com o outro. Eram autômatos. Tinham que ir, sempre ir. Às vezes, por razão nenhuma. No céu viam, através do filete negro, que o caminho proporcionava ao alto de suas cabeças, como uma fenda naquele negrume perpétuo, uma procissão de cometas, dezenas, seguindo rumo ao infinito, deixando suas caudas vaporosas infestarem a imaginação daqueles que as admiravam. Um caminho novo. Um mundo novo. Sensações novas. Tudo diferente. Era como pisar em areia movediça, avançando um passo de cada vez, ou perceber um novo perfume, elaborado com fragrâncias exóticas, jamais sentidas em seus narizes, registradas pelo olfato, fazendo uma nova marca, nova referência em cada um de seus cérebros, talvez levando traços e referências alocadas em áreas distintas, com endereços e caminhos completamente diferentes na amálgama de experiências e concatenações, sinapses e percepções que formavam aquele maravilhoso banco de dados que muitos chamam de alma.

Jonas pouco falava. Segurava as mãos dos filhos. Quando paravam para descansar um pouquinho, ficava todo o tempo afagando a cabeça dos dois. Se chorava, nada dizia.

Caminharam mais e tal e qual o velhinho falou, o caminho do poço das lágrimas se dividiu em três.

— Vamos, crianças, é por ali.

34

Mal completou a frase, uma sombra imensa descolou-se das árvores à beira do caminho e tomou a estrada, bloqueando completamente a passagem.

Assustada, Ingrid deu um grito.

— Calma, crianças. Calma — pediu o pai.

Bosco tremia dos pés à cabeça. Aquilo era um monstro, sim, mas não era um monstro qualquer. Era uma criatura de quatro metros de altura, envolta num couro grosso de onde saltavam escamas e espinhos. Das extremidades dos lábios largos desciam longos bigodes. O monstro tinha aparência e fedia a peixe. Bosco reconheceu a criatura. Era ele, o mestre, o inimigo do jogo de videogame.

— Ai, pai! Me protege! Tô com medo — gemeu a menina.

O monstro abriu a bocarra e soltou um berro aterrador, enchendo o ar com aquele cheiro insuportável de pesca podre.

Assim que a fera gritou, o primeiro impulso da menina foi sair correndo, correu em direção à beira do caminho do poço das lágrimas, mas foi agarrada pelo irmão no último instante.

— Não, Gui! Não podemos deixar o caminho. É nosso destino cruzar essas pedras.

— Não deixe o caminho, Ingrid. Escuta seu irmão.

Jonas puxou os filhos para perto de si.

— Vou contar até três e a gente sai correndo — continuou o pai, virando os filhos vagarosamente, evitando qualquer movimento brusco perto da criatura que se aproximava aos poucos.

— Correr? Ai, papai, eu não sei se consigo.

— Consegue, sim, querida. Esforce-se só mais um pouquinho, docinho.

— Um...

Ingrid tomou fôlego.

— Dois...

Bosco olhou para o monstro, que abria a boca novamente. Suas pernas, as duas, eram grossas e curtas. Certamente não poderia correr muito depressa, conseguiriam afastar-se. Mas o problema era que o danado do caminho era estreito e, enquanto ele estivesse ali, não poderiam passar. Não poderiam fugir para sempre daquele encontro.

— Três!

Jonas e Ingrid começaram a correr enquanto o menino desvencilhou-se da mão do pai e encarou a fera.

Pai e filha cessaram a fuga e ficaram a olhar para o menino parado no meio da estrada. Jonas sentiu o coração na garganta enquanto Ingrid gritava:

— Não!

— Bosco, volta já pra cá.

— Não, pai. Me deixa. Eu sei como ganhar dele.

— Vem cá, filho, deixa disso. O papai vai dar um jeito. Você é só um menino.

Enquanto Jonas e Ingrid permaneciam imóveis, perplexos e amedrontados, o menino começou a avançar vagarosamente, de costas, em direção ao monstro.

— Eu não sou só um menino, papai. Você tem de confiar em mim.

— Bosco! Fica aqui, menino.

— Bosco, por favor — murmurou a irmã, entregue às lágrimas.

Indiferente à boca imensa da fera, que se abria e babava, o garoto continuava de costas, indo de encontro aos colossais dentes pontiagudos. A boca da fera era tão grande que bastaria uma única investida para engolir a presa de uma vez. E com efeito foi isso que aconteceu. De repente, o monstro-peixe-bigodudo saltou para a frente e abocanhou Bosco, que desapareceu no oco de sua boca.

— NÃÃÃÃÃÃÃÃÃOOOOOOOOO!!! — gritaram uníssono Ingrid e o pai que se agarraram e caíram de joelhos sobre os tijolos disformes do caminho do poço das lágrimas.

Enquanto o pai e a irmã acabavam-se em choro do lado de fora, Bosco sabia muito bem o que acontecia. Precisou de mais coragem para tirar os dedos que tapavam o nariz e preservava-lhe do fétido odor dentro da boca do peixe do que propriamente para ter entrado lá. Era difícil manter-se de pé posto que sob seus pés uma massa molenga remexia-se conforme o monstro se movia ou articulava a boca, soltando novos bramidos e arrotos pútridos. A parte de cima pulsava, empurrando sua cabeça e dificultando sua visão. Sabia muito bem o que tinha de fazer. A única diferença entre estar ali ou estar no controle do console do videogame era que se ali morresse não teria como selecionar o "continue". Morto era morto. Bosco foi se arrastando em direção à garganta da fera, passando por restos de comida apodrecidos, agarrando-se à língua molhada da criatura, avançando palmo a palmo. Tinha de tomar cuidado para não escorregar goela abaixo antes de conseguir dar cabo da tarefa. Tapou o nariz mais uma vez ao puxar o pé de uma dobra da mucosa do bicho e vir junto com o tênis pedaços de espinhas e restos de escamas da última refeição da criatura. Firmou a visão e estendeu a mão em direção à goela do devorador de viajantes. O bicho esperneava e urrava, chacoalhava para lá e para cá. Seus gritos pavorosos colocariam qualquer um, por mais destemido que fosse, a quilômetros de distância, retrocedendo até o formigueiro, até a beira da estrada de asfalto, botando a perder todo o avanço sobre aquele trilho fantástico. Conforme rugia, o sininho balançava e vibrava. Bosco notou que um brilho luminescente, suave e discreto, escapava dali. Era isso que procurava. Era disso que se tratava tudo aquilo. De brilho e de luz. A fera, muito provavelmente perturbada pelo avançar da comida viva em sua boca, carregada de segundas intenções, saltitava e rugia ainda mais, balançava a bocarra para lá e cá como se dançasse. O corpo todo da fera encantada não queria que Bosco chegasse perto de sua goela luminescente. A luz pusilâmine advinha da amígdala oval, feita de carne vermelha, que tantos chamam de sininho. E não era só o brilho débil que a fazia diferente de tantas outras amígdalas. Essa pulsava como se fosse um coraçãozinho. O menino, gemendo e quase começando a chorar de tanto nojo e medo de estar à beira da garganta do monstro, empreendeu mais esforço e, com a mão esticada, agarrou o sininho carnoso da fera e espremeu-o entre os dedos. O resultado não podia ser outro, Bosco usou a outra mão para tapar o nariz enquanto mantinha a outra fechada sem poder de forma alguma abri-la e colocar tudo a perder.

Do lado de fora, o pai do menino e a irmã continuavam de joelhos, choramingando e lamentando a perda súbita do pequeno. Bosco tinha sido corajoso, mas também havia tomado uma dose de tolice ao aproximar-se tão descuidadamente daquela fera.

Jonas enxugou uma lágrima e ficou de pé enquanto sua feição de dor ia a uma feição de pura raiva e indignação. Seu filho não seria comido agora que estavam no fim do caminho. Olhou ao redor. O galho de alguma daquelas árvores serviria de lança e com ele abriria a barriga do bicho.

— Pai... olha, acho que o bichão tá passando mal.

Jonas olhou para a criatura. Ela tinha caído sentada, seus bigodes de peixe perderam o jeito ameaçador e ficaram moles, seus olhos se fecharam e então ele escancarou a boca e um jorro de vísceras e comida velha forrou o chão. A enxurrada de vômito espantou os viajantes tanto pelo volume quanto pelo cheiro pútrido.

Ingrid ficou a um palmo de uma das poças fedorentas, ficando verde e mole.

— Ai que nojo, papai — reclamou, levando a mão ao nariz.

Do meio daquele lago nauseabundo levantou-se outra criatura, um bicho gosmento que caminhou em direção aos dois. O bicho não era ameaçador, tampouco assustou Jonas ou Ingrid, porque trazia estampado no lugar onde deveria ser seu rosto um sorriso maroto.

— BOSCO!!! — gritaram juntos mais uma vez.

Jonas e Ingrid esqueceram temporariamente o pântano asqueroso e a película repugnante que envolvia o garoto e enredaram-se num abraço amoroso.

— Bosco.

— Cuidado — alertou o menino.

Jonas e Ingrid olharam para o peixe que ia murchando gradativamente, soltando golfadas de vômito a cada novo espasmo.

— Não é com ele que vocês têm de ter cuidado, é com ele aqui na minha mão.

O trio afastou-se da poça fétida e foram para uma parte seca do caminho.

Jonas e Ingrid estavam curiosos, de olhar fixo na mão do menino, donde escapava um brilho fraco.

Bosco ajoelhou-se e abriu a mão, soltando um inseto brilhante sobre o caminho do poço das lágrimas. O inseto era fino e comprido, lindo e atraente, um corpo de luz a brilhar na estrada escura.

— Um vaga-lume! — exclamou a garota.

— É. O nome dele é Miguel.

— Como você sabe?

— Ué, olha pra ele, como é lindo e brilhante, só pode ser o Miguel.

O vaga-lume vibrou as asas e seu brilho ganhou força, agora esparramando sua luz para todos os cantos da estrada, fazendo os rostos de quem estava em volta refletir a luminância que dele escapava.

Distraídos com a presença da criaturinha, nem se deram conta de que o peixe-monstro desaparecia, murchando até evaporar, e com ele foi-se também o lago malcheiroso e a casca fétida que antes cobria o menino.

— Quando eu sonhei com o meu amigo Tavinho, ele me contou como ganhar do peixe bigodudo. Era só libertar o Miguel. Ele foi encantado. Ficou preso na goela do bicho. E sempre que pedia ajuda para alguém, a gente só ouvia os urros do peixe. O peixe não era mal. Ele só engolia quem achava para ver se algum ser dava jeito no encanto. Ele parecia uma fera, mas, na verdade, era só um anjinho preso.

— Isso mesmo — concordou o vaga-lume para surpresa do trio. — Obrigado por me libertar.

Os três ficaram atônitos e sorridentes.

— Não agüentava mais aquele cheiro de peixe. Não agüentava mais cantar musiquinhas e pedir ajuda e todo mundo só ouvir os berros da fera.

— Agora tudo acabou, vaga-lume — disse Ingrid. — Agora você está em paz.

— Bosco, serei para sempre seu amigo.

O menino sorriu ainda mais e afagou o pequeno vaga-lume.

O bichinho bateu as asas e levantou vôo subindo ao céu negro, transformando-se em outra estrelinha a brilhar sobre o caminho do poço das lágrimas.

— É lindo — balbuciou Jonas.

O vaga-lume desceu novamente e ficou girando em torno de Bosco sem dizer mais nada.

Jonas sorriu mais uma vez ao lembrar-se das palavras do velho Caranguejeira. O que é bonito pode ser feio e o que é feio pode ser bonito. Era isso. Era sobre a passagem do pequeno vaga-lume que ele falava.

O trio avançou sobre o trilho do poço das lágrimas. Agora não davam mais passos no escuro. Agora, Miguel, uma estrela de luz própria, servia-lhes de candeeiro.

35

Pai! O que é isso?

— É o fim da estrada... — murmurou Bosco. — É o fim! Conseguimos!

— Não, macacada. Aqui é onde vamos passar a noite. É onde repousaremos. O fim chega amanhã.

O pai adiantou-se. Cada filete de caminho seguia para uma casa. O da esquerda, para um casebre caindo aos pedaços que esfriou o sangue de Ingrid por lembrar o casebre da floresta. O segundo, para uma casa pequena, de pedras na porção debaixo e caiada na parte de cima. Já o terceiro dava para uma casa parecida com um palacete. Toda branca, com dois andares amplos e inúmeras janelas acesas, lançando um trilho de luz amarela, convidativa, para fora. Arrematando o atraente cenário, uma plaquinha no pórtico da casa anunciava: aqui tem banho quente!

— Uau! Aquela é perfeita! — exclamou Bosco, adiantando-se.

Foi segurado pela mão firme do pai.

— Desculpa, filho, mas não vai ser assim. Eu tenho de escolher onde cada um vai dormir.

Jonas ficou olhando para os dois e para as casas. Alternava, pesando as opções.

— Quer dizer que a gente não vai dormir junto? — perguntou o menino aflito.

— Cada um de nós deve dormir em uma casa diferente.

— Mas eu não quero dormir longe de você, pai! — reclamou.

— Tem que ser valente, Bosco. Falta pouco para tudo serenar. Será uma noite apenas.

— Eu sei que vou ficar com medo! Eu sei!

— Calma, Bosco! Eu que sou menina não estou apavorada.

— Mas você é grande e eu sou pequeno. Eu sou pequeno! Olha pra mim!

— Você, pequeno, Bosco? Você é enorme, filho! Quem foi que deu conta daquele bichão agora há pouco?

Bosco secou uma lágrima do rosto e olhou para o vaga-lume voando ao seu redor.

— Pois bem. Eu vou ficar na casa da esquerda, que é escura e caindo aos pedaços. Você, valentão, fica na do meio e a Gui com a casa branca. Tá vendo?

O menino ergueu os olhos para o pai.

— Você vai ficar bem no meio. Qualquer coisa eu e a Gui socorremos você. É só chamar.

Bosco concordou baixinho.

— E se você quiser tomar banho, eu deixo ir primeiro.

— Blargh! Eu não quero banho coisa nenhuma.

Ingrid e o pai riram. O homem passou a mão na cabeça dos filhos e encorajou-os.

— Vão. Eu olho vocês daqui.

Jonas viu cada um dos filhos adentrar a respectiva casa. Foi então que olhou novamente para o casebre onde pernoitaria. Caminhou vagarosamente, sem pressa alguma. Da porta, ficou olhando para ambas as casas. Tudo o que queria era poder ficar com os filhos todo o tempo disponível. Sabia que cada vez mais o momento de dizer adeus chegaria e esse sentimento de separação que permeava seus pensamentos e coração cresceu, oprimindo-o sobremaneira. Olhando para dentro da casa de madeira, pouco alívio chegou. Era uma casa fria e escura, de um cômodo só, sem banheiro, sem quarto, erguida em ripas e dotada de janelas de vidros ou trincados ou quebrados de todo. Tinha um ar de rancho de caça decrépito e esquecido. O forro do teto era negro e faltava aqui e ali permitindo ao homem ver em muitos pontos as telhas de cerâmica do pequeno telhado. Telhado também incompleto, onde encontrava cacos de telha no chão, bastava erguer a cabeça para admirar o céu negro, rasgado por aqueles cometas prateados. Havia uma mesa para jantar, contudo,

ela estava coberta de teias de aranha, bem como todos os cantos das paredes. Jonas aproximou-se da mesa. Notou que lhe faltava um pé e que o outro tinha sido remendado com um sarrafo. Sobre a mesa, uma vasilha de cerâmica esmaltada quebrada, coberta por um pano de prato sujo e empoeirado. Jonas retirou o pano na esperança de encontrar um pedaço de pão ou biscoito. De fato havia algum alimento ali, porém, nada que lhe apetecesse. Um pedaço de pão sovado embolorado e escuro, três maçãs negras e murchas, carcomidas também pelo bolor, liberando um cheiro nauseabundo. Jonas tornou a cobrir a refeição e voltou a inspecionar a pousada. Um dia existira uma lareira ali, mas ao que parecia, ela tinha desmoronado para dentro, também premiada com um generosa camada de poeira e teias de aranha. Suspirou e terminou aceitando seu fardo. Uma noite apenas. O desconforto seria esquecido. O homem encontrou pedaços de papelão e folhas de jornal no chão. Não leu as notícias. Fotos de um acidente de trânsito. Imagens fortes demais para seu estômago. Cobriu-se com os papéis e fechou os olhos pensando nos filhos e desejando que estivessem com mais sorte e que conseguissem ao menos fazer uma refeição. Estava cansado.

36

Bosco entrou na casa de mansinho. Seus olhos acompanharam o vaga-lume, que ficou do lado de fora e subiu ao céu. Fechou a pesada porta de madeira. Lá dentro, o silêncio só era quebrado pelo crepitar da madeira no fogo.

— Olá! — soltou, esperando resposta.

Quanto mais se aproximava da sala, mais quente e aconchegante ficava o ambiente. A sala era de bom tamanho, com longos e confortáveis sofás de couro creme claro. De frente para a lareira onde ardiam chamas laranja, um imenso tapete persa cobria o chão de pedras cinzas. Sobre a mesa de centro, feita em madeira maciça, jazia uma caixa de papelão semi-aberta. Para o lado esquerdo de quem entra na casa, sem paredes dividindo, via-se uma cozinha simples, também com uma mesa e armários de madeira grossa. Sobre a mesa, uma tigela coberta por um pano de prato. Para o lado direito, um segundo ambiente da sala, com uma prateleira forrada de livros em capas de couro. Ninguém. A casa parecia vazia. Bosco andou naquela direção. Havia, depois da sala de leitura, um banheiro e também um quarto. Tudo de pedra, tudo cinza, tudo simples. No quarto, uma cama baixa com lençol branquinho, cobertores marrons. Uma cadeira ao lado da cama e um copo com água. Bosco adiantou-se e bebeu metade da água. Sorriu. Nada de choro dessa vez. Voltou à sala de pedra com lareira. Aconchego. Era o que mais sentia ali. Estava quente e seguro. Olhou para a mesa e ficou feliz ao descobrir debaixo do pano de prato uma tigela com generosos pedaços de pão caseiro, seu favorito, com casquinha marrom e crocante e miolo macio. Bosco suspirou e sorriu. Sabia que o pai e a irmã também não dormiriam de barriga vazia.

O menino voltou até a sala e sentou-se sobre o tampo da mesa de centro, olhando aborrecido para as labaredas. Estava cansado, mas sem um pingo de sono. Seus olhos foram para a caixa de papelão ao seu lado. Ela estava com a tampa solta. Fisgado pela curiosidade, Bosco removeu a tampa e seus olhos se arregalaram junto com um sorriso.

— Um quebra-cabeças!

37

Ingrid deu três batidas rápidas na porta de madeira. Nenhuma resposta. Olhou para trás uma vez e acenou para o pai que esperava à frente do casebre paupérrimo. Apesar da escuridão, graças às estrelas, ela podia ver a sombra firme de Jonas do outro lado. Seu pai inspirava coragem. Como era bom poder contar com ele! Sempre ao seu lado. Para o que der e vier. Ingrid girou a maçaneta e empurrou a porta. O ar dentro da casa veio cheio de aromas agradáveis. Um bom lugar com toda certeza. O lugar que ela queria. Seus olhos se encheram com a luz tranqüila vinda de um impressionante candelabro de cristal instalado no meio da sala. Em cada canto um abajur diferente. Quadros com paisagens belíssimas aqui e ali, carpetes de texturas e motivos tão diversos quanto intrigantes. Objetos de todos os cantos do mundo. Uma fotografia de uma mulher com uma burca carregando uma menina pela mão. Um cavalinho de pau num cantinho da sala onde provavelmente algum menino feliz balançava a tarde inteira. Uma pipa em forma de estrela. Numa estante, uma boneca japonesa, uma gueixa em traje completo, protegida dentro de um cubo de vidro. Sobre uma mesinha de mogno escuro e polido mais um brinquedo chamou a atenção de Ingrid. Um carrinho preto, tombado de ponta-cabeça sem um pneu na frente. Ao lado dele um soldadinho quebra-nozes seguido por um coelhinho de pelúcia cor-de-rosa e um filhote de lobo esculpido em madeira.

— Ainda gosta de brincar, mocinha?

Ingrid sobressaltou-se com a inesperada voz de mulher velha às suas costas. Seus olhos arregalados encontraram um casal de meia-idade parado no meio da sala.

— Desculpe minha esposa, pequena. Não queríamos assustá-la.

— De fato, jovenzinha. Não queria assustá-la de forma alguma.

— Vocês que me perdoem a intrusão. Eu bati à porta, ninguém respondeu.

— Ó! Assim que ouvimos, descemos. Andamos um pouquinho devagar — explicou o homem.

— Desculpem-me.

— Deixe disso, jovenzinha. Estávamos lá em cima preparando um delicioso banho para depois da ceia.

— Um banho? Já?

— Deixe disso. Toda noite surge um viajante. E sempre escolhem, não sei por quê, a minha casa para pernoitar. Acho que são as luzes! Ah! Ah! Ah! Devem atrair viajantes como as luzes atraem as moscas — riu a mulher.

Ingrid sorriu. Gostou dela.

— Venha. Vamos encher essa barriguinha. O caminho do poço das lágrimas não é curto, não senhora. Sabemos como vocês têm fome. Fome de comer e fome de saber.

— Saber? — repetiu Ingrid, impressionada. — Vocês são quem sabem das coisas por aqui?

— Ó! Sabemos muitas coisas, pequena jovenzinha.

— Então me explica por que só o meu pai conseguia ver...

— Calma! Calma! Primeiro forrar a pança, um banho relaxante e aí, sim, damos as respostas — interrompeu a mulher, empurrando Ingrid pelos ombros em direção a uma porta da sala.

Ingrid parou no batente e abriu um sorriso maior ainda. Quanta coisa gostosa!

Na sala de jantar, rodeada por janelas enormes e castiçais com lâmpadas que jogavam luzes amareladas para todos os lados, havia uma soberba mesa, compridíssima, forrada de pratos que exalavam cheiros irresistíveis.

— Uau! Quanta coisa boa! Aposto que meu pai e meu irmão também estão passando bem!

Os anfitriões entreolharam-se por um instante.

— Sente-se, menininha. Coma à vontade.

Ingrid puxou uma cadeira e, sorridente, sentou-se à mesa, puxando uma coxa de frango assado com as mãos. Assim que deu a primeira mordida, iludida com aquela deliciosa sensação, insistiu:

— Vocês não acham?

— O quê?

— Que eles estão bem, também?

— Certamente que estão, garotinha. E se não estiverem, assim que cuidarmos de você, vamos cuidar deles também. Cuidamos de todos que passam por esse caminho, pequena.

38

Jonas tiritava de frio e um vazio incômodo no estômago perturbava tanto quanto o gelo daquela sala. Apesar de tudo, o cansaço era tamanho que em menos de uma hora, coberto pelos papelões e encolhido num canto, pensando se todo o sacrifício para manter os filhos junto a si valeria mesmo a pena, adormeceu. E foi quando sua mente deslizou para a inconsciência que outra coisa tão grande e tão assombrosa quanto seus pensamentos também deslizou ali naquela casa. Jonas não viu, mas três pares de olhos vermelhos surgiram no teto escuro. Na maior parte do casebre faltava forro, o que acentuava a friagem e permitia que insetos fizessem ninho sob as telhas. Contudo, aquele inseto não era um inseto qualquer. Era ela quem tinha espalhado as teias para todo lado, ela, que tinha pernas finas e compridas, mas tão fortes quanto as dum burro de carga. Era ela que tinha três pares de olhos, era ela quem se arrastava para fora da toca, de olhos grudados naquele pai solitário naquela casa vazia. Ela que o apanharia a qualquer momento longe dos olhos ou dos cuidados dos filhos. Era ela a quem os filhos temiam quando eram crianças, mas esqueciam do medo pueril quando se faziam crescidos. Era dela que tantos tinham medo, apavorados com a certeza de que um dia ela viria por uma fresta e faria, num repente, mal aos pais. A dona aranha. A dona aranha começou a descer pelo fino fio da teia e, com suas pernas ágeis e poderosas, prendeu suavemente aquele pai cansado. Desfiou mais teias e, num piscar de olhos, enrolou Jonas. Quando, assustado, o homem abriu os olhos e quis gritar, tarde demais! As presas pontiagudas e compridas da tão temida e sorrateira aranha cravaram em seu ombro, despejando seu fascinante e misterioso veneno dentro daquele corpo envolto em sua armadilha.

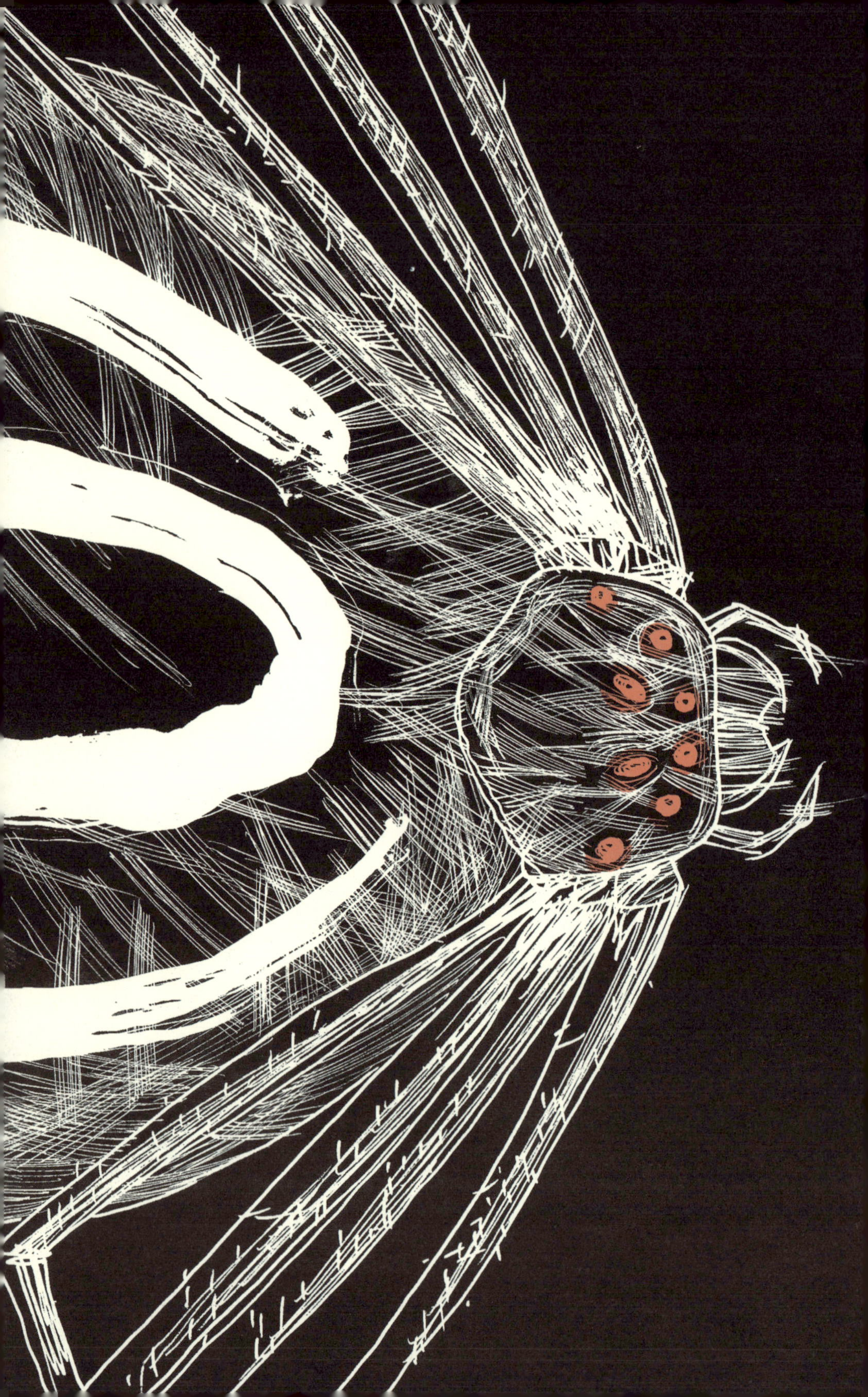

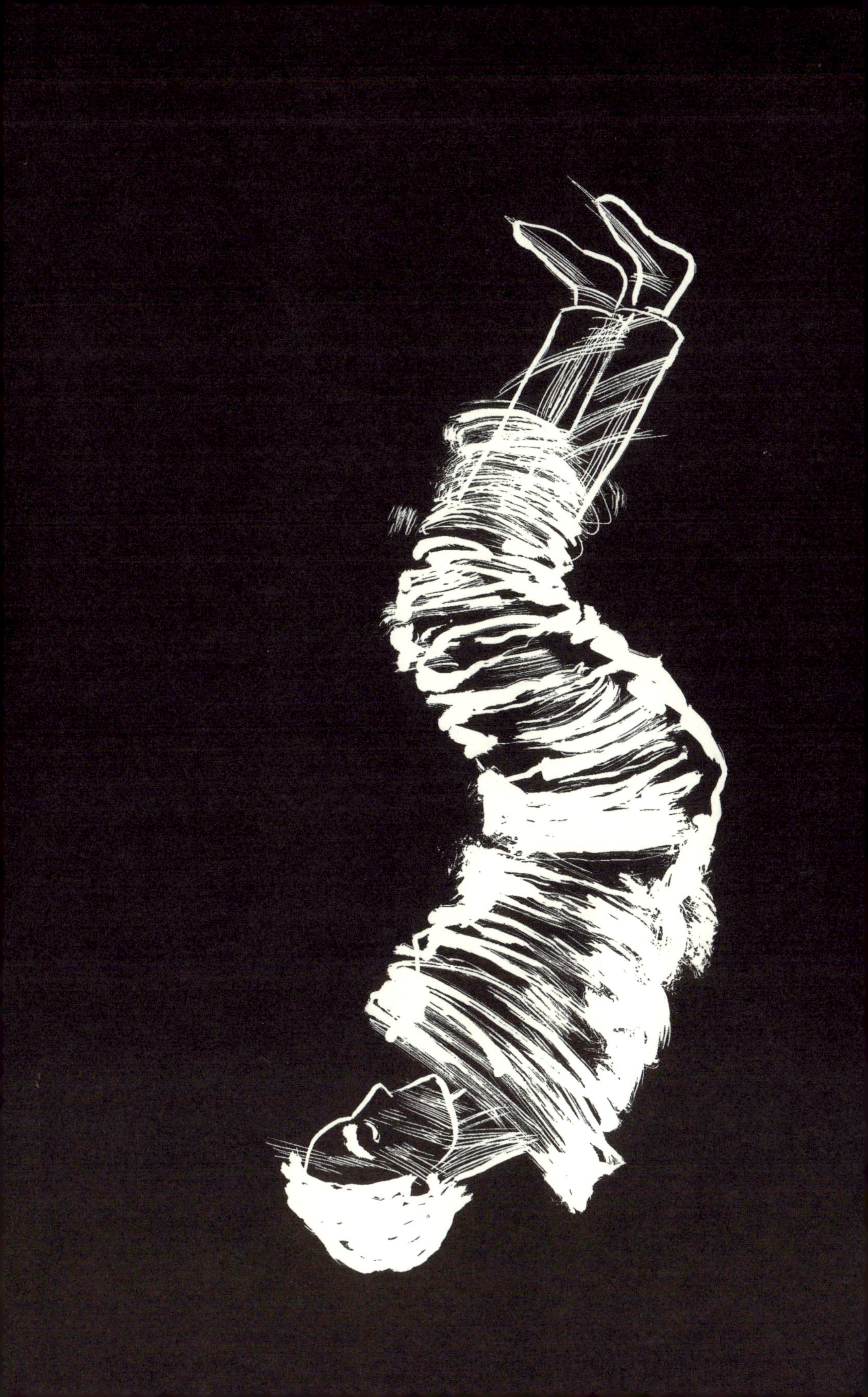

39

Enquanto isso, alheio a tudo o que acontecia com seu pai ou sua irmã, Bosco permanecia entretido pelo curioso quebra-cabeças. Seguia num movimento frenético de fuçar as peças e remexer, girando-as para cá e para lá, tentando encaixá-las. Tinha começado pelo canto esquerdo de cima. As pecinhas eram bastante coloridas e encantavam os olhos do menino. O que formariam? Que delicioso desenho surgiria ao final? Certamente uma paisagem encantadora ou uma figura de um palhaço ou qualquer outra coisa alegre. Bosco desistiu do segundo pedaço de pão e nem mais se lembrava de que a irmã e o pai dormiam em casas distintas ao lado. Queria ver! Queria saber! E toma e gira mais peças. Via um pezinho de metal, como o pé de um galo ou dragão pintados de branco, via pingos gordos de água que refletiam luz. Cores vivas, traços interessantes. Tinha que continuar e saber. E seguiu juntando peça após peça. Agora, com os últimos quatro pedaços que havia colocado, descobria o braço nu de uma menina. Uma princesa certamente! Sim! E deveria estar num castelo, era óbvio. Olhou para o monte de peças que ainda restavam e coçou a testa. Tinha de saber.

40

A mão suave da mulher em seu ombro era reconfortante. A dona da casa trazia duas toalhas brancas, grossas e felpudas na outra mão enquanto o marido ia à frente, conduzindo a visitante. Ingrid estava com a barriga cheia, completamente saciada e já sentia os olhos pesados de sono. Quando o homem abriu a porta do corredor, mais uma vez a menina sentiu-se encantada. O banheiro era lindo! No mesmo instante em que seus olhos passeavam pelos azulejos clássicos e delicadamente desenhados, pelas louças reluzentes e pelas lâmpadas douradas do grande e luxuoso banheiro, o anfitrião e a anfitriã derrubavam essências perfumadas na água quente da banheira de onde, agora, subia um vapor aromatizado. Os anfitriões mexiam a água, girando e girando as mãos, recurvados, quase mergulhando na espuma que subia. Uma bolha de sabão desprendeu-se de um canto e levitou, vindo, encantada, na direção de Ingrid, que a soprou e a fez explodir.

— Pronto, criança. Venha — convidou a mulher.

Ingrid andou até a banheira e inspirou fundo. Delícia.

— Vamos nos retirar, querida, para que nossa hóspede não se acanhe — sugeriu o marido, puxando a mulher pela mão.

Ingrid sorriu agradecida e seus olhos se viraram para a banheira mais uma vez. A água ainda girava, formando um suave redemoinho. Cheiro de hortelã e eucalipto alternavam-se com a fragrância suave de flor de maracujá e algo do perfume marcante de dama-da-noite.

A menina entrou na banheira e a água veio até o meio do peito. Como era bom estar ali. Apanhou um sabonete redondo e passou a esfregar os braços. Certamente Bosco e o pai estariam também relaxando naquele instante, pensou consigo.

41

Quando ele abriu os olhos, sentiu medo. Não por causa do casebre assustador, muito menos por receio de tomar outra picada daquele monstro de oito pernas. Tinha medo porque não estava mais na passagem de chão marcado. A aranha gigante, de algum modo, o desviara das pedras do caminho do poço das lágrimas. Jonas estava sentado num banco confortável, macio, cravado no meio de um largo corredor com iluminação elétrica. Levantou-se sentindo o ombro latejar. Era o veneno da aranha. O veneno correndo em seu corpo. Ele caminhou até virar ao final do corredor, encontrando muitas outras pessoas. Ninguém conhecido. Percebe que algumas delas empurram macas, outras levam gente em cadeiras de rodas. Está em um hospital, longe de seus filhos que ainda dormem. Jonas sentiu seu coração acelerar. Começou a andar mais rápido, virando corredor após corredor, olhando para as setas que indicavam a saída. Precisa acordar Ingrid e Bosco. Precisa saber se eles estão bem. Na verdade, o que esse homem precisa é aceitar que agora dormem, mas o pai não consegue. Eles nunca conseguem. Jonas resolveu abrir uma porta. Era um quarto. Uma mulher com o pé engessado e levantado sobre a cama, repousava. Um menino brincava de carrinho no chão do quarto, alheio ao intruso. Jonas fechou a porta devagarinho. Avançou pelo corredor. Mais uma porta. Mais um paciente. Enfermeiros e médicos trombando com ele a todo instante. Ouviu a sineta do elevador acompanhada do barulho mecânico das portas se abrindo. A luz que vinha do alto revelava uma ascensorista de uniforme azul sentada no banquinho metálico acoplado às laterais de alumínio do amplo carro, despretensiosa, com os cabelos bem presos, olhando para uma revistinha de escolher vasilhas de plástico, totalmente desinteressada do passageiro. Jonas entrou e as portas fecharam-se. Seu coração disparou. Sentiu a pele fria e um embrulho no estômago. Sabia que era a hora de ela perguntar:

— E então? O senhor vai subir?

Jonas ficou um momento olhando para os números vazados na parte de cima da porta. Uma carreira sem fim de andares. Era um hospital alto. Como ficou calado, o barulho da respiração difícil da ascensorista e do ventilador pequeno, de pás vermelhas, rodando e zumbindo no teto eram tudo.

— O senhor vai subir?

Jonas engoliu saliva. Estava lívido. A visão escurecia e voltava. Sentia-se prestes a desmaiar. Como uma criança, prensada contra a parede e obrigada a tomar uma daquelas decisões imensas, começou a chorar. Um choro desbragado, como quem perde um tesouro choraria, como quem perde as pernas choraria, como quem perde a visão num acidente repentino choraria.

A ascensorista suspirou e ergueu novamente o catálogo de vasilhas. Ficava sempre encantada com as possibilidades de coisas que aquelas vasilhas insossas podiam carregar. Molhou o polegar na boca, sugando a ponta do dedo com batom e virou outra página.

Jonas saiu vagarosamente, retomando o controle de suas emoções. Ao colocar o pé para fora do andar já tinha cessado aquele choro inesperado, escutando as portas metálicas deslizarem e mais uma vez a sineta tocar. Nem cogitou em apertar o botão para chamar mais uma vez o transporte. O elevador poderia levá-lo para ainda mais longe de suas crianças. Ele não queria descer nem subir sem vê-los, sem saber como estavam sendo tratados na oficina. Ficaria ali, estacionado naquele andar, indefinido. Passou as mãos pelos cabelos, avançou com passos rápidos. Enquanto transitava por um novo pavimento ouviu mais uma vez aquela voz que tanto o acalmava. Era ela novamente. Lorena cantava. Jonas tocou na maçaneta da porta. Suspendeu a respiração um instante. Tremia de nervoso. Sabia que mais cedo ou mais tarde teria de falar com ela. Falar que tinha se perdido e que não vinha com os filhos. Dizer que falhou. Dizer que não havia conseguido cumprir a promessa. Jonas chorava. Chorava calado, mas com tamanha intensidade que tremia da cabeça aos pés. Lorena jamais entenderia. Como um pai podia deixar dois filhos sozinhos no caminho? Mas não era culpa dele. Era culpa dela. Da aranha. Ela tinha tomado para si o que lhes era mais precioso. Traiçoeira. Maldita. Ardilosa e sutil como eram as aranhas, tinha-lhe agarrado quando menos esperava e o separado daqueles que tanto amava. Como poderia ter se esquecido dela? Jonas inspirou fundo e girou a maçaneta. Abriu a porta com o coração na garganta. Lá estava a esposa, a mãe de Ingrid e Bosco. A mulher que havia trazido ao mundo dois cometas que espalhavam poeira brilhante por onde quer que passassem no negrume do universo. A mulher que tinha brindado os filhos com os dois presentes que toda mãe dá a quem chega a esse mundo, o presente do dia e o presente da noite, o presente bem-vindo e o presente detestado, a benção e a maldição. A luz e a nossa misteriosa única certeza. Aquela mãe, de nome Lorena, cantava uma canção de ninar. A canção do poço das lágrimas.

"Quando estivermos naquele lugar
Eu vou te dar a mão pra caminhar
Por uma trilha estranha vamos passar
E nenhuma vez sua mão eu vou soltar.

Mas se seu amor for forte e durar
Juro, meu benzinho, que vai ser fácil suportar
Toda a distância que vai surgir
Só vai... aumentar o que eu sinto por ti.

Quando aos portões a gente chegar
prometa não ter medo e nem mesmo chorar
porque eu jamais, jamais vou te abandonar
Nem mesmo que as formigas queiram te levar.

Mas se seu amor for forte e durar
Juro, meu benzinho, que vai ser fácil suportar
Toda a distância que vai surgir
Só vai... aumentar o que eu sinto por ti.

Quando aos portões a gente chegar
prometa não ter medo e nem mesmo chorar

porque eu jamais, jamais vou te abandonar
Nem mesmo que o porteiro não me deixe passar.

Quando a dona aranha nos encontrar
Lembre que ela sempre vem pra nos carregar
porque todo mundo tem uma hora de partir
E pelo poço das lágrimas nós vamos passar.

Mas se seu amor for forte e durar
Juro, meu benzinho, que vai ser fácil suportar
Porque eu te quero e nunca vou te abandonar
Porque eu te amo e jamais, jamais isso vai mudar."

Foi então que Jonas se deu conta de que a esposa fazia cafuné nos cabelos de alguém enquanto cantava. Um homem sobre a cama, imóvel, meio-vivo, meio-morto, com tubos presos ao rosto, aos braços, soro, fios, aparelhos, barulho e bandagens rodeando sua cabeça, escondendo sua face. Lorena se preocupava tanto com aquele sujeito que nem tinha se dado conta dele, o marido, o legítimo, parado ali, no batente da porta. Jonas sentiu-se um intruso naquele cenário, quase constrangido por observar aquele inesperado momento de carinho da esposa para com uma casca. Ficou calado, só ouvindo a voz doce de sua mulher. Ela repetiu a canção até que adormeceu. Jonas suspirou. Olhou para o homem enfaixado. Era melhor saber quem era. Talvez o cunhado. Todo mundo na família dela gostava daquela canção de ninar. Lorena dizia que ela vinha de geração em geração e já tinha adormecido dezenas de vezes com a avó entoando aqueles versos, lentamente, quase um mantra, para que ela e os primos, todos juntos, numa mesma cama, embarcassem para o mundo dos sonhos após dias cheios de estripulias no sítio.

Quando Jonas deu o primeiro passo, sentiu o pé preso e quase caiu de cara no chão. Olhou para os sapatos. Estavam cheios de uma gosma grudenta no solado. Fez uma cara de desgosto e puxou com mais força. Era uma coisa branca e pegajosa, parecia, parecia com teia de aranha! Ele tentou tirar os sapatos, mas de repente percebeu que mais daquela gosma apanhou seus pés, agora chegando até as canelas. Olhou para cima, já em pânico, seus olhos se encontraram com os inúmeros da aranha. Ela lança mais teias sobre ele, enquanto Jonas grita chamando a esposa. Lorena se remexe na confortável poltrona de couro, mas ainda assim não desperta. Jonas grita mais uma vez. Ela abre os olhos lentamente, esfregando as pálpebras. Tempo suficiente para a aranha já ter arrastado Jonas para fora do quarto e coberto o vão da porta com uma grossa camada de teias. Jonas tenta gritar mais uma vez, mas é amordaçado por aquele fluido colante, que prega seu queixo, seus lábios e vai deixando-o sufocado, sobrando apenas uma narina livre das teias para sustentar a respiração. O homem estende os olhos desesperado ao notar a silhueta da esposa ficando de pé do outro lado da porta de teias. Emprega toda sua força para se desvencilhar, mas é inútil. Explode num berro de agonia, fechando os olhos e abrindo a boca com toda força, finalmente rompendo parte da teia sobre os lábios.

— Socooooooorro!

Quando o grito aflito acaba sobra apenas o silêncio.

Jonas abriu os olhos mais uma vez. Escuridão. Não está mais no hospital. Como se tudo não tivesse passado de uma visão encantada ou de um pesadelo, o homem percebe que nunca havia deixado o casebre caindo aos pedaços. Ainda está lá. Enrolado pelas teias da aranha, agora preso ao teto, junto às telhas. A aranha gigante o detém entre as patas, longas e firmes, que um pouco se assemelham a varas de cana-de-açúcar. Sua respiração ainda está agitada. Já a aranha parece não respirar de forma alguma, permanecendo tão imóvel que chega a cheirar a morte.

Como se pudesse ler os pensamentos do homem, ela se remexe um pouco. Jonas escuta uma porção de telhas caindo. Então sente no pedaço do rosto que está livre das teias o frio da noite. Está se deslocando rapidamente. A aranha caminha com desembaraço, deixando o telhado e carregando-o colado ao ventre. Ela vai em direção a casa de pedras. A casa de Bosco!

42

Bosco tremia. Um jato de gelo puro tinha sido lançado sobre seu corpo, resfriando sua pele e seu estômago, deixando seu rosto azul-cinzento como o de um cadáver. Teve dificuldades para encaixar a peça seguinte do tétrico brinquedo. O quebra-cabeças que havia começado exibindo um cenário pitoresco, porém cheio de cores vivas, ludismo e prazer, descambava agora para territórios sombrios, despertando melancolia e apreensão e, agora, finalmente, ao encaixar aquele novo último pedaço, total desespero. Sim, seus piores temores se confirmavam. Percebeu coisa de vinte minutos antes que a tal da princesinha não estava em um castelo naquela cena revelada peça a peça. Ela estava dentro de uma banheira, com os braços erguidos, brincando com bolhas de xampu que subiam e enfeitavam ao seu redor, mas à medida que as peças iam levando os olhos de quem montava a cena para os cantos do quadro, exibiam cada vez menos cores até afundar o humor de quem assistia àquela arte composta em sombras e escuridão, despertando no hipotético observador sintomas como alerta e o mais puro horror. A cada nova peça, mais das trevas inundavam a cena, destruindo o balanço de cores e sombras. A figura alegre e distraída no meio do quadro, banhada de luz e alegria, estava de costas para o perigo, de costas para a porta do banheiro, donde, prontas para invadir, duas criaturas espreitavam. A princípio Bosco nada temeu, faltavam peças próximas à princesinha. Faltavam peças nos cantos escuros. Então montou a imagem ao redor daquelas duas figuras diluídas na penumbra, como se as sombras, a aflição e as intenções fossem coisa única. Ainda achava que era só uma sensação ruim que uma imagem mal interpretada transmite, provavelmente acentuadas por aquelas saliências acima das cabeças das criaturas, apêndices que pareciam saltar-lhes da testa, evocando a imagem de demônios. O menino experimentava percepção igual à que temos quando olhamos de relance para o fundo do corredor e nos assustamos, com a nítida impressão de termos visto alguém ali. Podia ser apenas impressão. Bosco deitou e encaixou mais duas peças que formavam objetos que emitiam alguma luz, enfim, bem junto às figuras das sombras. Observou melhor aquilo. Eram objetos de metal que refletiam a luminosidade na realidade, brilhavam por conta da claridade que vinha daquela menininha dentro da banheira. Aquilo só piorava os sentimentos do garoto. A luz refletida desnudava algo dos olhos sinistros daqueles seres traiçoeiros à espreita. Olhos que se fechavam e afinavam, porque os perversos assim fazem caretas quando tramam maldades e estão a um triz de executar algo diabólico. Bosco tomou ciência do que provocava o reflexo. Vinham dos objetos que cada um trazia em sua mão. Eram facas. Longas e pontudas facas. Agora o garoto tremia porque finalmente tinha completado o braço da princesinha, colocando a última peça, que trazia corcovas verde-esmeralda, fazendo com que o menino, frio e agoniado, descobrisse, por conta da pulseira peculiar, com o famigerado pingente em forma de fadinha, que não era princesinha porcaria nenhuma a se banhar. Era Ingrid! Num esforço hercúleo para livrar-se daquela irritante catatonia, Bosco despregou-se do chão e correu até a porta. Tinha de salvar a irmã das garras daqueles demônios. Correria até a casa onde o pai dormia??? Não! Não tinha tempo! Tinha de salvar Ingrid. Bosco, já numa carreira infernal, deixou a diminuta varanda da casa de pedras e alcançava o portãozinho de madeira quando foi ao chão. Tinha tropeçado num fio. Olhou para trás e para os pés. Era algo como uma cordinha, uma cordinha branca. Já ia se levantando quando estacou mais uma vez. O caminho estava bloqueado por algo estarrecedor... uma imensa, uma gigantesca aranha negra vedava o caminho. A criatura se retesou, abaixando o ventre até quase tocá-lo no chão. Bosco sabia muito bem o que era aquilo. Ela daria o bote certeiro. Levantou as mãos protegendo o rosto e foi então que sentiu seu peito sendo apertado, bem como os braços e pernas. Estava preso às inescapáveis teias daquela indefectível aranha que, cedo ou tarde, apanhava a todos.

43

A pequena pré-adolescente cantarolava enquanto deslizava pela enésima vez a bucha amarela pelos braços e ombros, provocando aqueles gostosos barulhinhos quando as grossas gotas pingavam de volta a água da banheira. Soprava as bolhas que subiam e rodeavam sua cabeça, escutando um murmurinho como o de um regato acompanhando seu ritual. Cada vez mais relaxada, Ingrid ia se acomodando à louça morna e seu corpo tomando o contorno da banheira. Seus olhos pesavam tanto que não duvidava de que acabaria adormecendo, ali mesmo, de imediato. Fora apanhada por aquela típica preguicinha, igual à que se apodera de nós quando estamos largados no sofá da sala, assim, cochilando, assistindo aos programas de TV, curtindo aquele sono bom e considerando se devemos ir ou não para a cama e finalmente dormir quando o relógio beira meia-noite. Demoramos um bocado para nos decidir nessas situações ou porque o soninho está bom demais, bem como a temperatura do sofá ou porque sabemos que o danado do sono vai nos pregar uma peça daquelas e, assim que nos levantarmos, ele desaparecerá entre o escovar de dentes e o apanhar de um copo d'água, nos abandonando de vez, nos transformando em corujas de olhos arregalados quando deitamos na cama. Esses pensamentos sobre a preguiça mantinham a menina Ingrid alheia, distraída de tudo, distraída da porta que se abria lentamente, sem fazer barulho, dando passagem para o corredor escuro. O corredor escuro onde o homem e a mulher, agora metamorfoseados, sobrecarregados de uma energia que vibrava muito distante daquela emanada pela menina, famintos por aquela alma perdida e desgarrada, ciosos, exibindo inúmeros dentes longos e finos, já que agora suas bocas não eram mais humanas, e sim bocas de feras. Eles avançavam pé ante pé, não queriam que a menina se alarmasse. Vinham centímetro a centímetro, trazendo consigo a escuridão que antes estava só fora do banheiro, fazendo com que as sombras e as trevas invadissem o batente e fossem impregnando os azulejos, os pisos, as toalhas e tudo ao redor, mansamente. A escuridão só não devora os olhos injetados de mal e de vermelho daquelas sinistras criaturas nem seus dentes pontiagudos e brancos como o mais puro marfim, nem as duas lâminas prateadas dos longos facões que cada um trazia à mão. Mais um pouco e suas garras estariam sobre a criança e poderiam agarrá-la com firmeza, para que não tivesse a menor chance de escapar e poderiam, enfim, ter uma refeição digna como não tinham há semanas. A criatura que fora a mulher pôs a língua para fora, lambendo os beiços, salivando e tremendo de prazer antecipado ao sentir o cheiro fresco e limpo da criança que cozinhava no caldeirão de louça branca tão facilmente confundível com uma banheira. Mais alguns centímetros e suas unhas longas cravariam na pele fina da menina. Teria feito isso não fosse o azar daquele grito agudo e infernal que interrompeu a marcha de ambos os monstros por uma fração de segundos

— Aaaaaaaaaaaaaaaaaaaaaaaaaaaaaaah!

Ingrid berrou de horror quando os rostos do pai e do irmão surgiram na janela. Estavam mortos, balançando, como almas penadas, fantasmas, flutuando na escuridão da noite. A menina levantou-se da banheira agarrando uma toalha e as roupas que jaziam ao lado e então seu susto foi maior ainda porque a janela estourou em milhares de pedaços e dois braços horríveis e peludos invadiram o banheiro, agarrando-a e puxando-a para fora da casa. Enquanto seu corpo vulnerável passava pelos restos de madeira e vidro, duas facas pontudas cravaram-se nas sobras dos batentes das janelas. Os monstros tinham perdido a refeição para uma caçadora mais voraz ainda.

Ágil como das outras vezes, a aranha gigante não demorou um minuto para enrolar a criança num casulo de teias e prendê-la ao ventre, com o pai e o irmão e desaparecer na floresta escura sem deixar rastros, a não ser o lúgubre balançar de uma copa de árvore aqui ou ali, que se realçava contra a luz da imensa lua prateada.

44

Lorena sentou-se à mesa que sempre sentavam quando iam àquele restaurante. Na hora que Suzana veio atendê-la, a mulher simplesmente não conseguiu dizer nada. Era fácil pedir a pasta predileta e tudo o mais, porém, desta vez, pela primeira vez, a voz não saiu. Não saiu, não pediu, não quis sair. Tinha sido uma péssima idéia ir até ali. Tinha sido uma péssima idéia levantar-se da cama depois daquele sonho. Não sabia ainda se havia sido um sonho bom ou ruim, um brilho de esperança ou confirmação de trevas. Não sabia. Só sabia que agora chorava na frente de Suzana, que deveria estar achando que ela era uma louca de marca maior, sem eira nem beira, espirocada e coisa e tal. O choro foi aumentando e por alguma razão alguém lhe trouxe um copo com água e açúcar.

Lorena não se acalmaria. Sabia que só se acalmaria quando as crianças voltassem, quando Jonas voltasse. Quando tudo fosse como era antes. Quando pudesse entrar naquele restaurante cercada pelas risadas dos filhos e abraçada por suas estripulias, quando pudesse apertar o braço do marido e cheirar seu pescoço e sentir um arrepio na espinha quando ele lhe desse um beijo quente no rosto e roçasse nela a barba por fazer. O marido que amava tanto, os filhos que amava tanto. Não queria pedir meia porção de nada. Não ficaria feliz em gastar um terço do que gastava cada vez que entrava naquela cantina. Tinha vezes que até pedia para parcelar em duas vezes a conta um tanto quanto salgada. Não ligava. Queria ver o sorriso na cara das crianças, ter o prazer de ter todos reunidos. Queria fazer um pedido completo. Não queria pedir para um só. Estava enlouquecendo com isso martelando em sua cabeça. Foi então que no auge de sua agonia simplesmente levantou-se e saiu. Suzana que esperasse seu pedido completo. Suzana entenderia.

45

Jonas abriu os olhos, incomodado com a claridade. O sol brilhava e os raios chegavam filtrados pelos galhos e folhas das árvores. Tentou mover-se e então a realidade lhe foi arremessada como um balde d'água sobre a cabeça. Não conseguia se mexer porque estava preso. Preso por teias de aranha, num casulo inacreditável. Torceu a cabeça e viu Bosco e Ingrid lá embaixo. Sorriu, os filhos estavam soltos. Ia gritar para chamá-los no fito de que as crianças o ajudassem a se libertar daquela armadilha quando notou a expressão em seus rostos. Eles pareciam com medo e se ajoelhavam no chão. Jonas balançou-se um pouco e remexeu os braços, conseguindo livrar as mãos. Foi quando percebeu aquela imensa mancha negra através das folhas. Era a aranha gigante aproximando-se das crianças! Melhor posicionado, pôde vê-la por cima. Consideraria a criatura um inseto encantador e impressionante, não fosse ela o algoz de sua família. Viu a aranha abaixar o corpo, preparando-se para um bote. Precisou de todo seu autocontrole para não gritar como louco ao pressentir o perigo da situação. Os filhos só teriam alguma chance se ele conseguisse apanhar a criatura desprevenida, pelas costas, de forma tão sorrateira quanto ela fazia. Notou que, por sorte, o casulo estava completamente frouxo, talvez por conta do peso de seu corpo pendendo dentro dele a noite toda, tornando relativamente fácil sua fuga. Posicionou-se num galho grosso e conseguiu descer mais um pouco, temendo que os ramos estralassem e dessem o alarme de sua chegada. Seus olhos iam da aranha para os galhos e dos galhos para as crianças a todo instante. Pensou corretamente que, se pulasse de jeito, não conseguiria fazer o bicho explodir e fazer meleca voar para todo lado. As aranhas eram resistentes e o tamanho ampliado daquela ali certamente teria também ampliado a força de seu exoesqueleto. Tenso e nervoso, caçava um galho seco que pudesse ser retirado e usado como lança ou porrete. Talvez, se acertasse os olhos do monstro... cogitava coisas quando notou que a fera aproximou-se ainda mais, movendo as presas assustadoras perigosamente para perto de Bosco. Não tinha tempo. Era agora ou nunca. Preparou o salto, fazendo mira, quando, de rabo de olho, viu o caçula tomando uma atitude que poderia distrair a criatura por mais alguns preciosos segundos. O menino levantou-se num repente e correu para a casca da árvore, escalando com agilidade o tronco e agarrando-se a uma corda de teia, balançando-se, feito o Tarzan num cipó, terminando por saltar sobre as costas da aranha. O inseto correu para o lado com as risadas de Ingrid e Bosco enchendo o ar. Jonas, tão abobado ficou que errou a mão quando ia se apoiar e despencou do esconderijo, estabacando-se na graminha verde.

— Papai! — gritaram as crianças em uníssono.

— Ai, diacho! Que dor da bexiga! — reclamou o homem, recolocando-se em pé.

Bosco e Ingrid vinham um de cada lado da aranha.

Jonas endireitou o corpo e ficou olhando cabreiro para aquele monstro de pêlos negros, seis olhos em forma de conchas vermelhas que piscavam de vez em quando.

— Nós finalmente a entendemos, papai.

Jonas passou a mão no ombro onde havia sido picado pela criatura.

— Ela sempre nos pareceu feia e assustadora, mas não é, papai — continuou Ingrid.

— É, papai! Ela só veio para libertar a gente. Eu nem tenho mais medo — falou o entusiasmado Bosco, acariciando as enormes e finas pernas peludas do inseto.

— Ela é nossa amiga, vem.

Jonas atendeu ao apelo da filha e aproximou-se da aranha. O bicho permaneceu imóvel, fixando os olhos no homem que seguia calado, respirando lentamente.

"Calma, Jonas. Já está acabando."

Jonas deu um salto para trás.

— O que foi, pai? Tá com medo dela?

— Vocês não ouviram?

"Eles não podem me ouvir, papai Jonas. Só você".

— Mas... mas... o quê...

Ingrid e Jonas riram.

— Acho que o papai bateu com a cabeça quando caiu, Gui.

— Pode crer, mano. Ah! Ah! Ah! Nosso velho tá ficando lelé.

"Você sabe que precisam seguir em frente. Não se distraiam mais, isso não fará bem a nenhum de vocês."

Jonas controlou-se para que as crianças não notassem sua surpresa. Desviou os olhos da aranha para os filhos.

— Quer saber, ótimo que essa aranha esteja aqui! Vamos continuar. Ainda não chegamos ao fim do caminho.

— Esse caminho do poço das lágrimas nunca acaba, papai? Já estou cansado de tanto andar — resmungou o menino.

Jonas apanhou Ingrid e sentou-a em cima da aranha. Depois pegou Bosco e colocou-o no cangote, levando-o de cavalinho.

— Tá melhor assim?

— Muito melhor — concordou o menino.

— E você?

Ingrid sorriu e apontou para o caminho.

— Vamos, crianças.

Jonas começou a andar e deu uma olhadinha para trás.

— Vamos, aranha.

Sorriu ao perceber que agora o inseto também o seguia.

46

O sol já tinha subido bastante quando notaram o bosque rarear, sobrando cada vez menos árvores, flores e arbustos. Somados poucos minutos, tudo ao redor era plano e um vasto campo gramado cortava de fora a fora a linha do horizonte. Foi quando se deu conta do pitoresco cenário que Jonas estacou. Não havia mais pedras adiante. O caminho do poço das lágrimas terminava subitamente. A aranha também interrompeu a marcha e, como Bosco fazia dos ombros do pai, Ingrid também fez das costas da aranha, descendo e saltando ao chão.

"Chegamos." — falou a aranha aos pensamentos de Jonas.

— Estou vendo... mas... se aqui é o fim do caminho...

— Onde está nosso carro? — perguntou a menina.

— É. Onde está a oficina para consertar? — reforçou o garoto.

Jonas passou a mão na cabeça dos filhos e uma lágrima rolou de seus olhos.

— Eu não sei bem o que responder, crianças.

Nesse momento, os olhos das crianças desviaram-se da expressão entristecida do pai. O chão tremia e, a uns vinte metros à frente deles, no meio do pasto verde, brotou uma ponta cinzenta de concreto e começou a subir, como fruto da semente mais maluca que alguém pudesse ter semeado. A princípio pareceu aos olhos da família a ponta de uma pirâmide, que foi subindo, com sua face quádrupla de encontro ao céu, ganhando proporções colossais. Contudo revelou-se outra coisa, posto que a "planta" não parava de crescer, não parava de se elevar, logo assumindo a forma de um imponente obelisco.

— Fascinante — murmurou o menino.

Levou mais de um minuto até que a impressionante construção cessasse a subida, imobilizando-se.

Os olhos curiosos dos viajantes notaram uma fenda, um corredor em verdade, passagem por qual saía um potente jato de luz, obrigando, por um instante, até que se acostumassem com a súbita claridade, a protegerem os olhos.

— O que é isso, papai?

— Não é uma oficina mecânica, isso eu sei! — rebateu Ingrid a indagação do irmão.

— Eu não sei o que é isso, crianças. Fiquem comigo, sempre do meu lado.

"Calma, papai. Calma."

Uma silhueta surgiu do meio da luz, pontilhando em negro seu contorno corporal em contraste ao jato iluminado. Um homem vestido com um uniforme azul celeste, com um quepe no topo da cabeça e um molho de chaves no cinturão de couro. A figura lembrava muito um bilheteiro de trem ou um ascensorista muito chique.

— Olha se não são as criaturinhas mais lindas do mundo! — exclamou o rapaz, todo boa-praça. — Principalmente essa gatinha aqui. Você já tem namorado?

Ingrid enrubesceu na hora. Até que o rapaz era bonitinho.

— E você, valentão? Eu vi o que fez com aquela coisa no meio do caminho.

— Viu? Como é possível? A gente tava praticamente sozinho!

— Ah! Por aqui as notícias voam rápido, voam pelo céu. Impressionante seu talento. Sem sombra de dúvida.

O rapaz aproximou-se da dona aranha e afagou-lhe a testa.

— Ô menina que não descansa, sô. Fez um bom trabalho trazendo-os pra cá. Quase perdem a hora de zarpar.

"Ninguém perde a hora, porteiro. Todos embarcam, cedo ou tarde."

O rapaz olhou para as crianças e ajoelhou-se entre elas, bagunçando seus cabelos.

— Bom, já que chegaram, não percamos tempo. Vamos?

— Para onde? — indagou Bosco.

— Vocês têm de passar para o lado de lá! — explicou, apontando para o obelisco, onde agora podiam ver melhor e notar que a abertura dava passagem para o outro lado. — A estrada continua.

— Bem... então vamos — disse a menina.

— Isso. Estou cansado de ficar zanzando pra lá e pra cá, moço. Leva a gente logo até o carro! — disse Bosco, determinado, começando a andar na direção do obelisco.

— Dêem um beijo no papai de vocês, desejem boa sorte a ele e sebo nas canelas.

— Hã?

— Como assim?

As crianças indignaram-se com as instruções.

— O papai tem de vir com a gente.

— Eu não sei dirigir. Só o papai sabe — reclamou o garoto.

Jonas já tinha entendido que ali seria o ponto da separação e não conseguia conter sua comoção. Eventualmente uma lágrima descolava-se de seu queixo e caía em direção ao chão, mas, antes que ela estourasse no solo, a gota gravitava e, despercebidamente pelos presentes, flutuava, indo em direção ao poço das lágrimas.

— Você não contou nada a eles? — perguntou o rapaz para a dona aranha.

O inseto nada respondeu.

O rapaz então olhou nos olhos do pai.

— Você também não disse o que se passa?

— Eu não tinha tanta certeza assim. Não queria que eles sofressem antecipadamente.

— Oh, meu Deus! Sempre, sempre sobra pra mim. Eles vão me odiar agora. Vão achar que eu é que não deixo você ir com eles.

— Do que ele tá falando, pai? — indagou Ingrid, fechando a cara e cruzando os braços.

Jonas abaixou-se entre os filhos e abraçou longamente cada um. Ao final do terno abraço, o pai e a filha estavam chorando. Bosco ainda flutuava naquela marola de sensações, sem entender muito bem o que se passava.

— Eu não posso ir com vocês, crianças. Não posso ir agora. Aconteceu alguma coisa na noite em que viajávamos. Eu...

— Eu te falei, Bosco. Eu te falei.

— As lágrimas da mamãe... — murmurou o menino.

Jonas levantou-se e caminhou na direção do rapaz uniformizado, puxando-o para um canto, afastando-o dos filhos. O rapaz tentava manter o sorriso no rosto, mas não despregava os olhos das crianças.

— Não tem jeito de eu continuar com elas?

— Voltar com elas? Nem pensar. Você sabe o que aconteceu com você, não sabe?

— Tenho uma ótima idéia do que aconteceu, moço, mas eu queria tanto ficar com elas. Em vez de me importar com as coisas certas, eu só queria ter mais pra gente e nunca fiquei com eles de verdade, me entende?

— Entendo, mas nem pensar. Cada um no seu lugar.

— Fala baixo, por favor.

— Falar baixo para quê? Agora eles já sabem, seu Jonas. Você podia tê-los preparado melhor. Isso é tão deselegante. Por que todo mundo tem tanto medo da dona aranha?

— Eu sei lá! Não é fácil assim passar pela dona aranha. Ela me machucou. Olha — reclamou, apontando.

— Machucar é o de menos. Mas a maioria de vocês não entende.

— Eu tô entendendo, mas é difícil. Eu amo meus filhos. Quero ficar com eles.

Enquanto isso, a poucos metros dali, Ingrid e Bosco também tinham sua conversinha ao pé do ouvido.

— Bosco, lembra do que te falei na beira do poço?

— Lembro.

— Então... é por isso que ele não pode voltar com a gente.

— Eu sei. A mamãe estava chorando uma tristeza profunda. Ela estava junto da gente. A gente tava dormindo nas nossas caminhas. E ela cantava pra gente e chorava. Chorava porque o papai não estava lá. Ele morreu, Gui... aaaaah, Gui... o que a gente vai fazer?

— O que a gente vai dizer pra mamãe quando voltarmos sem ele, Bosco? Ela vai chorar mais ainda. Ela vai ficar triste.

— Ela tava cantando pra gente. A gente tava deitado em nossas caminhas.

— Você já falou isso.

— Não eram nossas camas no quarto, Gui. Eram outras... acho que no hospital. Acho que o papai ficou no hospital antes de acontecer o que aconteceu.

Bosco afundou a cabeça no peito da irmã e desatou a chorar.

A irmã também ficou assim um tempo, seu pior temor havia se confirmado. Voltariam sem o papai.

— Crianças...

Os filhos viraram-se para o pai.

— Filhos amados... — balbuciou o homem perdendo as forças. — Eu sei que vai ser difícil... mas eu não sei como dizer. O papai não pode mais ficar com vocês. Eles não deixam a gente ir.

— A gente sabe, papai.

— Eu vou sentir tanto sua falta, papai — choramingou Bosco. — Quem vai me carregar de cavalinho?

Jonas abraçou os filhos e chorou mais.

— A gente vai se ver de novo, papai?

— Mas é claro, Ingrid! A gente vai ser ver muuuuitão ainda.

— Ah, papai... vem com a gente. Pede pra dona aranha quebrar um galho dessa vez.

— Eu já tentei, filhote. Já tentei. Mas saibam que o papai vai sempre estar pensando em vocês, vai sempre estar olhando por vocês. Vocês nunca, nunca vão sair do meu coração. Nunca, nunca estarão sozinhos.

— Ainda tá doendo, papai? — perguntou a menina, alisando a testa do pai.

— Hã?

— Agora eu lembro que quando o carro girou você bateu a cabeça no volante e ficou sangrando.

Jonas passou a mão sobre a testa. Realmente doía um pouquinho bem acima da sobrancelha direita.

— Não tá doendo mais, filha.

— A gente nunca vai te esquecer, papai — completou Bosco.

— Vamos, crianças — chamou o rapaz de uniforme.

"Vamos, papai" — sussurrou a dona aranha na cabeça do homem.

As crianças seguiram com o porteiro em direção ao obelisco, mas a toda hora viravam-se para trás e acenavam para Jonas.

A aranha virou-se e começou a caminhar pelo caminho de pedras.

"Vem, Jonas. Não faz bem ficar aí parado."

— Queria tanto seguir com eles.

"Você não pode mais ficar com eles."

— Por que não?

"Ora bolas! Você não cansa de perguntar?"

— E se eu te pedir por favor?

"Vem. Vamos."

— Por favor.

"Vai chegar a hora de você fazer esse pedido, papai. Vai chegar a hora, mas ela não é agora."

Quando Jonas viu os filhos sendo engolidos pela luz e suas silhuetas começarem a vagar dentro do túnel do obelisco em direção ao outro lado, suspirou. Enxugou sua última lágrima e virou-se para seguir a dona aranha. Estremeceu por conta do susto. A fada-anjo estava flutuando à sua frente. Grande e imponente, toda coberta de fuligem, com dois traços negros descendo dos olhos. Ela ergueu um dedo e tocou a testa do homem. Foi assim que Jonas lembrou.

47

Estou grávida, Jonas.

Jonas sorriu para Lorena e beijou a testa da mulher.

— O que quer que eu diga, meu anjo?

— Hummm... pode dizer: parabéns, querida.

Jonas sorriu.

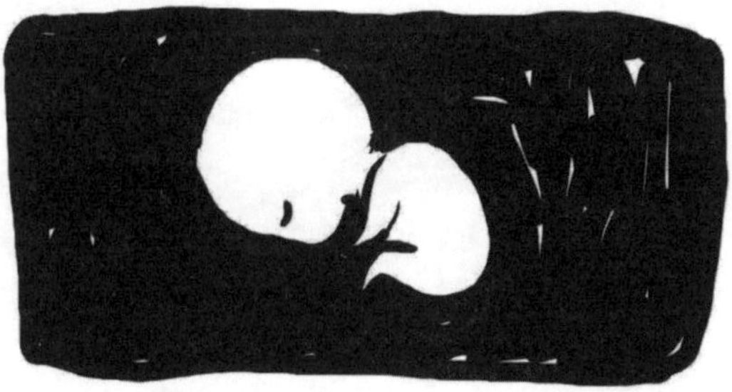

— Parabéns, querida.

Lorena beijou a boca do marido e depois foi até a cama do casal e beijou ternamente a bochecha da bebê que dormia.

— Você vai ter um irmãozinho, meu bebê.

Dormindo, Ingrid suspirou e mexeu os bracinhos, agitada pela voz da mãe.

* * * * *

— Eu sei que você consegue, Gui. É só não ter medo.
— Mas eu tenho medo, papai.
— Não precisa!
— E se eu cair?
— Levanta e tenta de novo.
— E se ralar o outro joelho? Um já tá doendo.
— Eu te levanto e cuido de você.
— Não me solta, papai!

— Pedala com força, Gui. Pedala e vai em frente.

— Você soltou? — perguntou a menina, percebendo que a voz do pai estava ficando para trás.

Jonas sorriu quando a filha conseguiu pedalar por mais vinte metros sem cair. Virou-se e deu uma piscadinha para Bosco.

O garotinho, com quatro anos de idade na ocasião, sorriu de volta ao pai.

* * * * *

— Você prometeu que ia me levar pra pescar!

— Você sempre faz isso — criticou a mãe.

— Eu não tenho culpa se tenho de sustentar essa casa, minha gente — defendeu-se.

Bosco sentou com tudo no sofá da sala e cruzou os braços fazendo carranca.

— Vou ter de ficar até tarde no escritório hoje e, amanhã, em pleno feriado, vou ter que entrar às sete da manhã no escritório.

— Isso, Jonas, faz isso mesmo! Daí, no dia dos pais, você pede pro seu chefe te dar um presente. Daí, quando você tiver velhinho e nenhum dos seus dois filhos aparecer para te visitar no asilo, você pede pro seu chefe te fazer visitas! Viva sua vida inteira com seus colegas de trabalho e esqueça que tem família! — gritou Lorena, exasperada, jogando a mochila do menino sobre a mesa e saindo da sala.

— Você não está sendo justa comigo, Lorena! Eu faço isso por vocês!

Bosco levantou-se do sofá e jogou o boné de pescador no chão.

— Não seja malcriado, moleque! Respeite o seu pai!

— Eu só queria aprender a pescar com você que nem você aprendeu com o vovô!

Jonas ajoelhou-se e acariciou a cabeça do garoto, que chorava.

— O papai vai te ensinar, filho. Só preciso ter tempo. Prometo que um dia a gente vai. Assim que eu tiver um tempinho.

— Um dia! Um dia! Já faz cem anos que você fala um dia! Um dia eu não vou tá aqui mais pra você ensinar, bobão! Um dia eu vou tá bem longe! — Bosco desvencilhou-se do pai e correu, sumindo pela porta do corredor.

Jonas ficou ali, parado na sala. Valeria tanto a pena assim se sacrificar no escritório para dar uma boa vida aos filhos? Boa vida! De boa ela não tinha nada se não podia se dar ao simples prazer de uma pescaria a dois com o menino num feriado de primeiro de maio. Jonas fechou os olhos e bufou.

* * * * *

A pequena Ingrid e a prima Bia pulavam amarelinha. Riam felizes da vida, brincando sem parar.

Bia era dois anos mais velha que Ingrid, por isso, na maioria das vezes, levava vantagem nas brincadeiras. Arremessou a pedra sobre a amarelinha e começou a saltar.

— Ei, Bia. Assim não vale — reclamou Ingrid.

— Do que você tá falando?

— Olha a pedra. Ela tá no meio da linha do dez e do céu.

— Nem tinha visto.

Ingrid foi em direção da pedra para a prima jogar de novo.

— Não mexe! — gritou Bia, correndo até sua bolsinha de crochê.

— Lá vem você de novo.

— Ah! Eu gosto, tá!

Bia voltou com seu novo xodó. Uma câmera fotográfica que tinha ganhado do tio Osvaldo.

A menina empunhou a câmera e mirou sobre a pedra entre a linha do dez e do céu e clicou.

— Essa vai ser para lembrar desse dia. Da nossa amarelinha.

— Copia uma pra mim, Bia?

— Me dá o dinheiro que eu copio.

— Ai, que chata!

— Ué, mas não é de graça. Sabe quanto custa?

— Faz uma de mim que eu pago.

Bia enquadrou o rosto da prima e clicou.

— Pronto, Gui. Agora é minha vez.

— Mas eu não sei usar essa câmera.

— É facinho — disse a menina, já colocando a tira da câmera no pescoço da prima. — Tá vendo esse botãozinho aqui? É só apertar quando eu tiver aparecendo aqui, nesse retângulo. Vem pra perto da luz do sol, vai ficar linda.

Ingrid enquadrou a prima e apertou o botão.

As duas riram e então Bia voltou-se para a pedra, apanhando-a.

— Por que você fez a foto justo da pedra, Bia?

— Porque, para lembrar desse dia e porque ela estava numa posição muito interessante.

— Como assim?

— Ela estava no limbo.

— Ah. Legal.

Bia arremessou novamente a pedra, errando desta vez.

— Sua vez, Ingrid.

Ingrid apanhou a pedra e tomou posição. Fez menção de arremessar e então parou e encarou a prima.

— Bia.

— Fala.

— O que é o limbo?

— É o lugar para onde vão os espíritos que esperam se vão para o céu ou para o inferno.

— Mentira!

— Juro! Foi o tio Osvaldo que disse. Disse que muita gente vai pro limbo.

— Nossa. Que medo!

— Medo por quê?

— Eu não quero ir pro limbo!

— Ué, mas a gente não escolhe isso. Praticamente todo mundo passa por lá, o tio falou.

— Como assim? Não é só quem morre que vai pro limbo?

— É, Gui. Só que o tio disse que todo mundo morre. Um dia eu vou morrer e você também.

— E o meu papai e minha mamãe também?

— Também.

Ingrid suspirou fundo e sentou-se.

— Nossa, Bia.

— Ai, Ingrid. Não faz essa cara. Isso que dá ficar respondendo tudo o que você me pergunta. Não vai falar pra sua mãe, porque da última vez eu fiquei de castigo.

— Credo, Bia. Eu não vou falar nada! Só estou com medo.

— Medo do limbo?

— Não. Com medo da morte. Dela chegar traiçoeira e levar minha mãe. Eu não quero que minha mãe morra antes de mim. Eu vou morrer de tristeza.

— Credo. Não pensa nisso, Gui.

— Agora não adianta. Já estou pensando.

— Reza pro seu anjo da guarda.

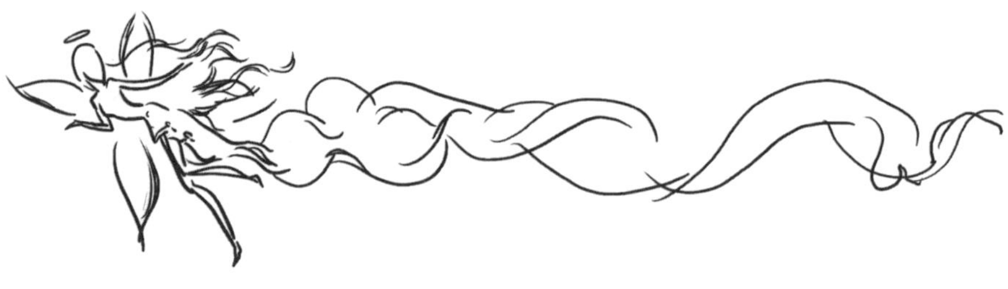

— Eu não sei rezar, Bia.

— Hum. Pede pra vovó. Ela te ensina. Ela já me ensinou.

— Como é o anjo da guarda, Bia?

— Não sei! Eu imagino ele bem diferente. O meu anjo mais parece uma fadinha!

— Que massa!

* * * * *

— Eles estão muito agitados, Jonas.

— Quem não está? Nossa, tudo isso foi repentino e horrível demais — bufou o homem, tirando a gravata e o paletó preto.

— O padre foi o mesmo que fez o batizado dela.

Os dois ficaram em silêncio um instante enquanto Lorena cobria Bosco e, depois, Ingrid.

— Agora ele fez o enterro dela — tornou Jonas.

Lorena abraçou o marido e começou a chorar, soluçando. Tinha sido forte até aquele momento. Contudo, perder a sobrinha fora um duro golpe para ela. Lorena, sendo tia, experimentava um sofrimento indizível, imensurável, tinha vontade de morrer com Bianca. Sendo sua dor tão imensa, vislumbrava uma ponta do que a irmã estava sentindo naquele instante. Perder uma filha aos doze anos não era coisa fácil, ainda mais daquela maneira tão trágica. O fogo havia começado no quarto da criança e, como todos dormiam, só se deram conta da desgraça quando já era tarde demais.

— Elas se davam tão bem, querido — falou a mulher aos soluços.

— A Ingrid gostava muito da prima. Sempre voltava excitada, feliz da casa da Bia.

— Pobrezinha.

— Hoje a Gui me disse que se tivesse dormindo lá com a Bia isso não teria acontecido porque ela ia apagar o fogo antes de a Bia se queimar.

— Ah, Jonas... é tão difícil.

— Você precisa ser forte, meu amor. Todos nós chegamos nesse mundo só com uma certeza... a de que um dia vamos sair daqui.

— Por que a morte é assim? Sorrateira. Tão fria. Não distingue crianças de velhos nem felizes de miseráveis? Parece um bicho, escondido numa fresta, pronto para saltar sobre a gente — Lorena fungou e secou as lágrimas.

— Calma, dona Lorena. Calma.

— Mamãe? — resmungou Ingrid.

— Oi, filhinha.

— A Bia vai voltar um dia?

— Não, filhinha. A Bia não vai voltar mais.

Lorena soltou-se de Jonas e sentou na caminha da filha, acariciando seus cabelos. Sabia que a criança estava confusa com aquela passagem da prima.

— Tem certeza?

— Tenho, filha.

— Mas a gente vai ver ela de novo?

— Veremos, filha. Isso, sim.

— Como eu vou conhecer ela? E se ela tiver diferente?

— Ah! Você vai reconhecê-la quando a vir. Pode demorar um pouquinho, mas a gente sempre reconhece quem a gente ama lá no céu.

— Lá no céu ela não está mais sentindo dor, né, mamãe?

Lorena começou a chorar novamente. Estava difícil ser durona na frente da filha.

— Não, filha. Lá no céu não existe dor.

— Mãe...

— O quê?

— Eu vou sempre lembrar dos olhos da Bia.

Lorena passou a mão no queixo de Ingrid e balançou a cabeça sem dizer nada.

— Canta uma musiquinha pra eu dormir, mamãe?

Jonas foi saindo do quarto, comovido com a conversa de Lorena e Ingrid. Antes de deixar o cômodo, apanhou um porta-retrato com a foto de Bia que ficava na escrivaninha das crianças. Tirou do quarto enquanto um arrepio percorreu seu corpo ao pensar que um dia também poderia passar por aquela experiência horrível que era a de perder um filho.

Lorena afagou a cabeça da filha por mais uns instantes e então começou a cantar:

— *A dona aranha subiu pela parede, veio a chuva forte e a derrubou. Já passou a chuva e o sol está saindo e a dona aranha...*

— Não, mamãe.

— O quê?

— Eu não quero essa.

— Qual então?

— Canta aquela do poço das lágrimas.

— *Quaaando estivermos naquele lugar, eeeu vou te dar a mão pra caminhar. Por uma trilha estranha vamos passar eeeee nenhuma vez sua mão eu vou soltar. Maaas se seu amor for forte e durar, juro, meu benzinho, que vai ser fácil suportar. Toda a distância que vai surgir só vai... aumentar o que eu sinto por ti.*

Lorena segurou o choro desta vez. Aquela singela, porém, melancólica canção nunca tinha feito tanto sentido.

Ingrid, pensando na prima, finalmente adormeceu.

* * * * *

— Lembra do que aconteceu com a prima Bia, Bosco?

— Mais ou menos. Sei que ela foi morar com o papai do céu.

— É. Você sabia que todo mundo um dia vai morar com o papai do céu?

— Mentira!

— Juro, Bosco. Por tudo que é mais sagrado. Um tempo antes da Bianca morrer a gente tava conversando disso, faz um tempão, eu tinha até esquecido.

— E por que lembrou disso? Será que ela veio te assombrar?

— Pára de falar besteira, garoto! Eu lembrei porque falaram disso na escola hoje. A mãe da Rita estava doente, daí ela não melhorou nada.

— E daí?

— Hoje de manhã a Rita não foi e a professora disse que a mãe dela foi sepultada ontem.

— Sepultada?

— É. Quando as pessoas morrem os corpos são enterrados num cemitério. Nossa alma vai para o céu, mas nosso corpo vai para debaixo da terra.

— Até o papai e a mamãe?

— Até o papai e a mamãe.

— Não, Gui. Isso não pode nunca nunca acontecer. Como a gente ia viver sem o papai e a mamãe para cuidar da gente, Gui?

— Calma, Bosco! Não acontece assim, de uma hora para a outra. As pessoas precisam ficar doentes primeiro.

— A Bia não tava doente. Você falou que foi um incêndio.

— Tem razão, Bosco.

Ingrid levou a unha do dedão à boca e começou a roer nervosa.

— Eu não tinha pensado nisso.
— Já sei, Gui.
— O quê?
— Vem cá. Se ajoelha.
— Hã?!
— Se ajoelha. Vamos fazer igual a vovó falou.
— Ai, Bosco. Só você.
Ingrid reclamou, mas postou de joelhos ao lado do irmão.
— Agora junta as mãos assim.
— Tá.
— Agora fecha os olhos e pede pro seu anjo da guarda sempre te ajudar e, principalmente, para não deixar nenhum acidente acontecer com o papai e a mamãe.
As crianças, em silêncio, oraram aos anjos da guarda.

48

Estavam bem aborrecidos. Enquanto o carro deixava a estrada de terra e pegava o asfalto crescia a certeza de que as boas férias tinham acabado. Primeiro, tudo tinha parecido um sonho, do nada o pai havia passado a mão nas malas e anunciado a viagem. Falava um monte de coisas. Que queria ficar mais tempo com eles, que tinha de ensinar Bosco a pescar, que não queria ficar enfurnado dentro de casa, que precisavam viver. Os irmãos eram só alegria. Que era estranho para diabos, isso lá era, mas é igual quando damos comida a um desvalido, ele primeiro come e nem pergunta de onde é que aquele rango veio. Saciar a fome. A fome de pai. Riram e planejaram. Teriam as férias perfeitas. Depois, já no hotel fazenda, veio aquele baque. Nem bem tinham começado a diversão programada para dias a fio, o pai havia tido outro daqueles repentes e toca mandar as malas para o carro de novo. Ingrid, afundada num canto do banco de couro, balançava a pulseira enquanto adiantava faixa após faixa das músicas no seu tocador digital. Bosco contabilizava os peixes que não tinham tido tempo de pescar. Nem chegara perto da varinha. Saco! Iam rir dele no colégio.

Rodaram três horas direto e então a pick-up levantou cascalho ao sair da estrada e encostar num rodoserv na beira da rodovia.

— Hora de comer, macacada. E tirem esse bicão da cara. Um dia a gente volta. Volta com a mamãe, inclusive.

— Sei. Nem vou perder meu tempo sonhando com isso — resmungou Ingrid, batendo a porta ao descer.

Entraram calados. Pessoas com sorrisos corteses entregando fichas para os que chegavam. Uma porta larga que poderia receber todo mundo. Tudo iluminado. Gente de tudo que era lugar. Jonas gostava daqueles restaurantes de beira de estrada. Cheiro de coisas diferentes pairando no ar, sempre.

Os filhos ficaram em uma mesa enquanto ele rodeou pelo salão dando uma sapeada no que tinham no balcão. Era melhor jantar comida de verdade para enfrentar o resto da viagem.

Ingrid nem tocou no filé com fritas. Não queria nada. Não estava com fome.

Bosco optara por um cheeseburguer, que afogava meticulosamente em catchup e mostarda.

Jonas comeu até não agüentar mais e foi ao banheiro. Voltava caminhando devagar quando olhou para a mesa. Só Bosco estava lá, comendo metade do segundo cheeseburguer.

— Cadê a Gui?

— Não sei, pai — retrucou, sem erguer a cabeça.

Preocupado, o pai andou pelo restaurante. Sem achar a filha, pagou e foi para o lado de fora, olhando para o estacionamento. Aflição. Não viu a filha. Andou mais. Então os bancos de madeira. Lá estava ela, vermelha, encabulada, sentada e um garoto bem mais velho, pisando num skate, falando com ela. O garoto usava um boné vermelho, jogado de lado sobre a cabeça e curvava-se, chegando perto dela, querendo beijá-la certamente. E ela, menina rendida aos encantos da adolescência, não fugia, apenas ia ficando cada vez mais vermelha. O monstro de boné parecia um predador da savana, pronto para abocanhar a presa. Jonas ficou colérico.

— Ingrid! Vamos!

A menina pulou num susto e veio correndo ao encontro do pai.

O monstro da savana, desafiador, não deixou o território e ficou olhando para Jonas.

Jonas abraçou a filha e puxou-a para a porta. Ela estacou e desvencilhou-se do pai.

— Vai buscar o Bosco, pai. Eu fico aqui e me despeço do Marco.

— Nem a pau. Você vem comigo. Sabe quantos anos aquele vagabundo tem?

— Ihhhh, pai, nem começa. Ele tem quinze, e não tá me xavecando, não. Estamos só trocando idéia.

Jonas foi firme e não soltou a mão da filha nessa feita. Chamou Bosco e partiram para o veículo.

— Pô, nem deixou eu pegar minha coca-cola. Agora vou ficar com sede.

* * * * *

— Pai, pára aqui. Eu tô com a boca seca.

— Negativo. Nada de parar mais. Temos que ir direto, Bosco.

— Mas eu tô com sede pai, isso não é justo.

— Por que não bebeu água quando paramos para jantar? Por que não trouxe uma garrafinha com você?

— Porque eu esqueci, tá bom?

— Você só não esquece desse videogame!

— Ai, pai. Eu tô cansada.

— Há! Só faltava você também, né, Ingrid?

— A gente devia parar e dormir. Eu quero tomar banho.

— Não sei onde eu tava com a cabeça quando resolvi viajar com vocês dois ao mesmo tempo! Ainda mais sem a mãe de vocês para ajudar!

— Eu também achei um milagre! Não te falei que era um milagre, Bosco?

— Pior que falou, Gui

Jonas fez uma curva acentuada com a pick-up. Estava a cento e vinte quilômetros por hora, obedecendo à velocidade máxima da rodovia.

— Queria tanto uma caminha de hotel agora. Uma banheira com água quente.

— Não amola, Ingrid. Amanhã tenho de trabalhar cedo. Surgiu um imprevisto. E vocês precisam chegar a tempo de ir para o colégio.

— Imprevisto, pai? Nas suas férias? Você não está nem uma semana em casa e já ficam te ligando.

— Não amola, Ingrid. Você já está parecendo a sua mãe. Seus hormoninhos femininos já estão borbulhando e dominando sua língua, é?

— Credo, pai! Que coisa feia de se dizer!

— Durmam e não me encham as paciências. Quando amanhecer, já estaremos em casa.

— Por que você não pára para descansar? Eu vi na TV que não é saudável dirigir tanto.

— Se você soubesse dirigir, sabichão, eu até parava. Temos de seguir em frente.

— Aaaaaaah!

Ingrid gritou enquanto Jonas enfiou o pé no freio, assustado com o desespero da filha.

— O que foi, Gui?

— Tem uma aranha aqui! Ela quase me picou!

Jonas bufou parando no acostamento.

— Ai, saco! Vocês querem parar de inventar coisas?

— Agora eu tenho culpa que esse carro está infestado de insetos e toda sorte de perigos?

— Exagerada. Igual à mãe.

Jonas deu seta e retornou a rodovia, acelerando fundo.

— Eu só queria um copo d'água — suspirou Bosco, encostando a cabeça no vidro e fitando a paisagem escura.

Finalmente as crianças dormiram.

Jonas passou duas horas dirigindo no mais absoluto e reconfortante silêncio. Contudo, o lado ruim daquela paz não tardou a dar sinais. Seus olhos pesavam uma tonelada. Talvez Ingrid estivesse certa no fim das contas. Parar um pouquinho não faria mal algum e Bosco finalmente poderia tomar um pouco de água. Jonas pararia no próximo posto de gasolina à beira da estrada. Tiraria um cochilo de quinze minutos e daria algo de comer para a criançada. Tiraria um cochilo. Precisava dormir. Uma placa anunciando a próxima cidade a sessenta quilômetros. Isso dava coisa de meia hora a quarenta minutos dirigindo. Curvas atrás de curvas. Subia ladeira, descia. Tudo escuro. Um caminhão na pista contrária a cada século. Placas indicando curva para a direita. Placas indicando estrada escorregadia. A música suave. As crianças ressonando. O sono. O sono. Então um barulho o fez abrir os olhos novamente. O carro tinha chacoalhado violentamente. Jonas segurou firme o volante. A pick-up tremia e jogava para a esquerda. Um caminhão gigantesco, vindo em sua direção, cegando seus olhos com o farol. Jonas gritou e girou todo o volante para a direita, arrependeu-se e puxou tudo para a esquerda. Teria de jogar o carro no acostamento do outro lado da pista. O caminhão tentava frear. O carro perdeu o controle. Jonas sentiu um frio na barriga. Ingrid gritou. Um zumbido encheu os ouvidos do motorista enquanto o carro saía do chão. Vidros estilhaçando enquanto capotavam, uma, duas, três vezes. Então o impacto. A pick-up tinha acertado uma árvore em cheio. Jonas sangrava. Ingrid tinha voado da parte de trás e estava enfiada debaixo do painel no banco da frente, choramingando e olhando para o pai. Bosco com o peito doendo. Os olhos de Jonas pesavam. Pesavam tanto que fecharam. Pareceu um instante, mas os abriu assim que escutou vozes do lado de fora. O carro estava rodeado. A luz de um giroflex banhava a rodovia. Via sapatos, tênis e botas do lado de fora. As pessoas estavam na posição errada. Estavam de ponta-cabeça. Jonas não via mais Ingrid. Tentou falar. A voz saiu fraca e rouca. Escutou um dos homens. Uma voz estranhamente conhecida.

— Eu acho que foi aqui que ele passou. Dá uma olhada nesse buraco. É indecente.

Jonas tentou enxergar a pista, mas não conseguia se mover.

— De que buraco você está falando? — perguntou.

Um dos homens se abaixou, surgindo com a cabeça no campo de visão de Jonas.

— Olha, ele está ouvindo a gente.

— Bosco! — chamou o pai.

— É preciso ter calma. Eles virão.

Jonas ficou calado.

— Calma, senhor. Nós vamos dar um jeito. Vou te tirar daqui.

— E minha filha? Você pode ajudá-la?

— É... ainda não sei.

— Onde vocês estão? Que tipo de lugar é esse? Eu perdi minha filha, não consigo vê-la.

— Acho que ele bateu a cabeça. O que você acha?

— Acho que o resgate está demorando demais. Isso, sim. Mas ele é forte. Ele vai conseguir.

— É, você tem razão, meu chapa. Também acho que ele vai conseguir.

— Isso é um erro muito comum. Só quem vai na frente usa cinto, as crianças não gostam de colocar cinto no banco de trás. Ficam esperneando e os pais, para terem sossego, acabam não insistindo. Dá nisso, lamentável.

— Pobre garoto. Uma pena uma coisa dessas.

— Meu filho!

— Ele me disse que estava com sede.

— Coitado... — lamentou o sujeito.

— Cadê meu filho?

O homem se abaixou de novo.

— O policial rodoviário disse que o resgate está chegando. Eles vão te ajudar, senhor. Eles disseram que... senhor... eles...

As vozes foram se distanciando enquanto Jonas sentia o corpo todo formigar e a visão se afunilar, como se um túnel, um caminho muito longo e escuro se estendesse diante dos olhos. Bosco... Ingrid... Jonas fechou os olhos e a última coisa que viu foi uma pequena aranhazinha, suspensa por uma fina teia, descendo do painel para o teto invertido do veículo e foi aí que tudo escureceu.

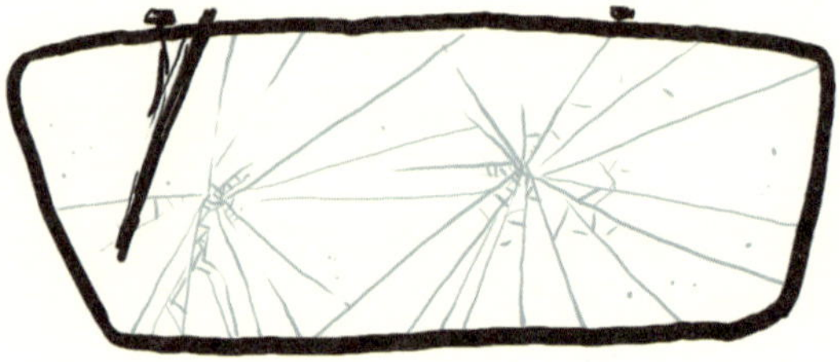

49

Jonas suspirou fundo e abriu os olhos. Sensação ruim. Não enxergava direito. Levou uma mão ao rosto. Um dos olhos estava encoberto por uma faixa. Deslizou a mão pelo rosto. Estava todo enfaixado, preso e amarrado como que apanhado por uma teia de aranha. Suspirou novamente e gemeu ao tentar se sentar.

— Jonas! Graças a Deus!

O homem reconheceu a voz da esposa.

— Não se levante. Não se levante. Calma! Você não pode.

— Cadê eles? Eu quero ver eles.

— Calma, meu amor. Você já vai vê-los.

— Cadê meus filhos? Lorena, cadê eles pelo amor de Deus? Diz que eles estão bem.

— Calma, calma. Você está fraco. É um milagre ter sobrevivido, meu querido.

— Eu quero levantar.

Jonas gritou de dor sem conseguir se colocar de pé.

— Não faz isso comigo, Jonas. Não faz isso. Fica quietinho, por favor.

Os alarmes que monitoravam seu corpo dispararam e não demorou muito para que os primeiros enfermeiros aparecessem no quarto.

Jonas notou que Lorena chorava. Ela não falava dos filhos, mas chorava.

— Lorena... eu não consegui trazê-los...

— Você está assim há dois dias, meu amor. Nossos bebês foram sepultados hoje de manhã.

Jonas calou-se, entregando-se aos cuidados dos enfermeiros e dos médicos. Examinavam suas pupilas, olhavam para os monitores dos aparelhos e consultavam a todo instante seu prontuário. Falavam em drogas e procedimentos. Esporadicamente faziam perguntas ao paciente, que respondia da forma mais lacônica possível. O homem ficou com os olhos vidrados e pareceu ficar fora de órbita durante todo o discurso que o neurologista fez a ele e à esposa sobre a grata melhora do acidentado e das ótimas expectativas sobre o seu completo restabelecimento. Tudo dependeria de sua conduta e sua disposição para a fisioterapia. O médico falou e falou e Jonas quase nada ouviu. Sua mente e seus ouvidos estavam lá, no gramado verde, seus olhos não viam o quarto, e sim o imenso obelisco onde seus filhos entraram no túnel de luz. Era lá que queria estar.

O médico ainda alertou a esposa sobre o estado debilitado de toda a defesa do organismo de Jonas. O baque havia sido grande, mas, se tudo corresse certo, sua defesa imunológica voltaria ao normal nas próximas semanas. Alertou para cuidados que mantivessem o homem afastado de riscos de infecção, resfriados e inflamações, que, naquele estágio, poderiam ser fatais.

Jonas fechou os olhos e, antes de adormecer, murmurou:

— Por favor. Eu te peço. Por favor.

50

Quando o homem abriu os olhos novamente, estava sozinho no quarto. Um bilhete no descanso de pratos, instalado junto à cama, estava ao seu alcance. Era de Lorena. A mulher explicava que tinha ido jantar e tomar um banho rápido, mas que antes das nove da noite estaria de volta. Jonas não viu relógio algum no quarto, mas, pela escuridão do lado de fora, já era tarde. Talvez a esposa até já estivesse a caminho do hospital.

Jonas suspirou e olhou para o bloco de papel branco. Apanhou a caneta e ergueu o braço. Começou a escrever com dificuldade, cada letra um rabisco. Após traçar algumas linhas, recostou-se no travesseiro da cama e olhou para o teto. Uma aranha pequenininha tecia uma teia.

"Não imaginei que o veria tão cedo, papai."

Jonas sorriu.

A aranha começou a descer, suspensa por um fio prateado, que reluzia a rala luz de um abajur.

— Dona aranha, dona aranha. Nunca te achei tão bela.

"Hum... elogios não tornarão as coisas mais fáceis, senhor Jonas."

O homem suspirou quando a aranha parou diante de seus olhos.

"É isso mesmo que o senhor quer?"

— Sim, dona aranha. Sim.

"Senhor Jonas..."

— Só vim fazer uma despedida, dona aranha. Estou seguro do que quero.

"Tsc, tsc."

— Eu já te pedi por favor. Não me faça implorar.

A aranha desceu até a mão do paciente e começou a percorrer sua pele desencadeando uma leve cocequinha.

51

Jonas sentiu a picada do inseto. Quis gritar e até ameaçou dar um safanão na mão ferida, esmagando a dona aranha. Mordeu os lábios e começou a transpirar. Os aparelhos dispararam seus alarmes. Sentia uma dor avassaladora no peito. A cabeça, mais uma vez, estava a ponto de explodir. Seus olhos ardiam e o ar faltava na garganta.

"Senhoras e senhores, liguem os seus motores!" — sussurrou a visitante em seu pensamento.

Jonas baixou os olhos e viu a aranha subir novamente pelo fio de teia. Ficou com as pupilas grudadas no inseto. Ele foi levantando até eclipsar-se com a luz do teto, que se acendeu assim que os enfermeiros e médicos finalmente chegaram para acudir. Jonas nem se deu ao trabalho de olhar para os lados. Eles não teriam a menor chance. Não conseguiriam de forma alguma segurá-lo ali. Era hora de se libertar de tudo aquilo, de toda aquela pressão, de toda aquela dor. Era hora de estar com quem amava e junto daqueles que não queria deixar a sós. Jonas suspirou e foi o fim de tudo ao seu redor. Não ouvia mais alarmes, não existiam mais médicos nem máquinas bombeando oxigênio. A luz foi diminuindo e tudo que cercava o homem que partia ficou cinza. Silêncio absoluto. O quarto escuro e imóvel. Solidão. Então escutou a voz dela primeiro e depois a dele. Perguntavam mais uma vez ao moço, com aquela manha característica das crianças, se não tinha jeito mesmo do papai estar ali. Foi quando percebeu que o quarto não podia ser mais o mesmo. Jonas saltou da cama, arrancando de si os fios que iam ao peito, a bata hospitalar e as gazes que enrodilhavam seu rosto, correu até a porta, que dissolveu-se e deixou toda aquela fabulosa luz entrar. Quando terminou de desenrolar as ataduras da cabeça, estava novamente com a roupa que usara durante o caminho, como se nunca tivesse saído daquele gramado. Via o largo e longo túnel que cruzava o interior do obelisco. Os filhos iam de mãos dadas ao jovem porteiro, um de cada lado.

— Ei! — gritou.

Os filhos estacaram e não há outra palavra para descrever: FELICIDADE!

Correram desembestados na direção do pai e atracaram-se num abraço que pareceu durar cem anos.

— Viu?! — berrou Bosco, olhando para o porteiro.

O rapaz tirou o quepe para coçar a cabeça.

— É... esse caboclo aí é persistente. Gostei.

O trio desatou a rir.

— Vem, vamos, vocês têm de cruzar para lá.

O pai tomou os filhos pelas mãos e voltaram a caminhar em direção ao final do túnel.

— O que tem lá, moço?

O porteiro olhou para a garotinha.

— Não sei. Eu nunca cruzei. Só vocês podem. Mas posso garantir que é coisa boa, ninguém nunca quis voltar.

— É?

— Juro. Dizem que depois do fim do túnel vocês vão viver uma fantástica aventura.

Os olhos das crianças brilharam.

— Assim, com o papai, eu fico feliz! Eu tava com tanto medo de ir sozinho, moço.

Jonas afagou a cabeça do filho.

Chegaram ao final do túnel. Uma vasta planície estava diante de seus olhos e, tanto para o lado direito como para o lado esquerdo, viam milhares daqueles obeliscos, com caminhos de pedra saindo de suas entranhas, formando um emaranhado de trilhas que desenhavam redes e teias, unindo-se logo à frente num muito largo e longo novo caminho. De dentro dos obeliscos saíam as mais variadas criaturas. Do da direita, viam criaturas de forma similar aos humanos, mas muito mais delgados e altos, com rostos cinzentos e olhos enormes e negros. Do obelisco da es-

querda, saíam sujeitos em forma de centauros, uns grandes, adultos, outros filhotes. Às suas costas, bem no limiar do túnel e do novo caminho, também vinham mais seres terrenos, jovens, velhos, crianças, homens, mulheres, toda a sorte de gente e de raças. Vinham meio-assombrados, uns receosos, outros mais tranqüilos, igual ao trio de pai e filhos, paravam e ficavam a apreciar aquele acontecimento.

Jonas deu um passo para fora do obelisco e puxou as crianças pelas mãos. Assim que se afastaram alguns metros, olhando para trás, não existia mais aquela majestosa construção e tão só via-se o mesmo pasto verde que viam há pouco. Contudo, o caminho debaixo de seus pés era real.

— Pai?

— O que foi, Bosco?

— Será que aqui a gente vai poder pescar peixe?

— É claro que sim, Bosco. Vamos pescar muitos peixes.

O menino estacou e puxou a mão do pai.

— Ih, pai. Não sei não.

— O que foi?

— Olha.

O menino apontou para um casal de criaturas que tinham a aparência de carpas, mas, diferente das carpas terrenas, essas criaturas tinham seis patas e caminhavam com rapidez. Passaram entre as pernas de Jonas e Ingrid, diante dos olhos espantados de Bosco.

— Uau! — exclamou o garoto.

Os olhos não paravam.

— Papai, posso perguntar uma coisa?

— Claro, Bosco.

— Se estamos indo para outro lugar, onde está a mamãe?

Jonas perdeu o sorriso e encarou os filhos, ficando novamente de joelhos.

— A mamãe vai ficar bem. Às vezes a gente não entende bem a dona aranha, a gente não aceita suas teias e sua visita. A dona aranha tem essa pinta de traiçoeira, mas ela é a coisa mais natural no mundo dos viventes. Quem chega um dia tem de ir. Uma hora dessas a mamãe vai perceber isso e vai ficar até agradecida de termos ficado juntos.

Os filhos suspiraram.

— O que temos de fazer é nos preparar para mais cedo ou mais tarde voltarmos aqui nesse lugar para dar a mão para a mamãe chegar em paz também.

Suspiraram novamente. O que doía mais não era picada da dona aranha. O que doía de verdade era a falta que a mamãe fazia. Sabiam que o que parece feio pode ser bonito, mas sabiam que a dor de quem fica era tão doída quanto a dor de quem vai.

— E agora, pai? — perguntou Ingrid.

— Agora o quê, filhotinha?

— Queria saber onde estamos e para onde vamos, papai.

— Vamos descobrir, crianças. Vamos descobrir juntos.

Jonas apertou firme as mãos dos filhos entre seus dedos e o trio voltou a caminhar, misturando-se à multidão de criaturas fascinantes, todos marchando rumo à sua aventura.

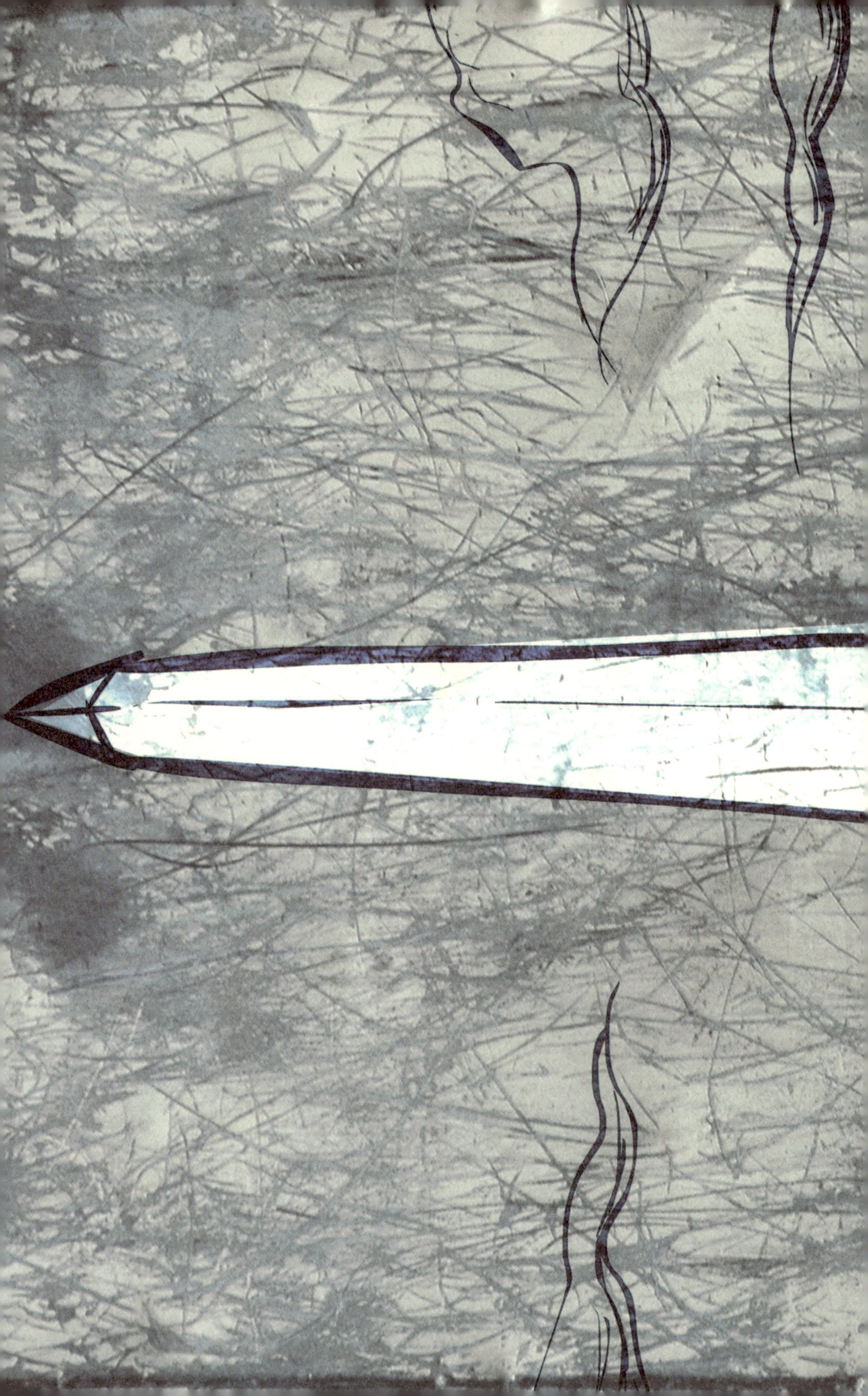

52

Certamente, quando Lorena estiver mais velha e contar aos outros sua história, talvez num asilo, talvez na casa de um sobrinho, as pessoas balançarão as cabeças e dirão: "Que chato e cruel foi o destino com a senhora, dona Lô.", ou, "Oh! Que história horrível, vovozinha", "Deus, a senhora sofreu barbaridade naquela semana quando enterrou dois filhos e, um par de dias depois, o marido".

Por certo se compadecerão, mas, quinze minutos mais tarde (talvez nem isso) já estarão sorridentes novamente, esquecidas daquela velhinha ranzinza no canto da sala.

É fato que Lorena jamais contará esses ocorridos a seus netos ou bisnetos. Nenhum de seus filhos tivera a chance de continuar a cadeia, quase sempre, perpétua de nascimento, reprodução e só então a dona morte.

Talvez, anos mais tarde, para dar mais ênfase e verossimilhança à sua melancólica narrativa, ela exiba o bilhete que encontrou no quarto do marido minutos depois de ter sido avisada na recepção de que ele viera a falecer, vítima de uma infecção avassaladora, provocada pela picada de um inseto venenoso. O bilhete cheio de garranchos era um pedido de desculpas, uma carta de até logo e uma mensagem de esperança. Afinal de contas não parecia de forma alguma uma carta de suicídio, uma carta amargurada e triste, muito pelo contrário. O bilhete fora a razão de não ter enlouquecido. Com aquele pedacinho de papel o marido havia conseguido não só jogar uma luz pálida diante dos olhos e da mente da mulher, como também tinha acendido um verdadeiro farol, revelando que na manhã daquele fatídico dia ele havia estado com os filhos, vagando por veredas, e que apenas dera um jeitinho de vir vê-la uma última vez para se despedir e dizer que, sim, havia coisas do outro lado do manto. Havia de fato um caminho do poço das lágrimas, mas que a dona aranha não era tão ruim assim e que existiam paisagens e coisas para se visitar antes de cruzar o túnel de luz. No bilhete, Jonas pedia que ela vivesse com felicidade, esquecendo a palavra amanhã quando o assunto era demonstrar seu amor a qualquer semelhante ainda hoje. A nota terminava com um "tchau, meu anjo" e um p.s. que ela não entendera de imediato, mas que a cada dia a menos em sua vida, passava a fazer mais sentido.

P.S. Estarei junto ao porteiro quando ele vier abrir seu caminho. Te amo. Jonas.

FIM